奥兹国奇遇记

失踪的公主

[美] 弗兰克 · 鲍姆◎著
[美] 约翰 · R. 尼尔◎绘
刘丽莉◎译

CHISO 新疆青少年出版社

图书在版编目（CIP）数据

失踪的公主 / (美) 弗兰克・鲍姆著 ; 刘丽莉译
. -- 乌鲁木齐 : 新疆青少年出版社, 2023.4
（奥兹国奇遇记）
ISBN 978-7-5590-9328-8

Ⅰ. ①失… Ⅱ. ①弗… ②刘… Ⅲ. ①童话－美国－近代 Ⅳ. ①I712.88

中国国家版本馆CIP数据核字（2023）第067512号

失踪的公主

SHIZONG DE GONGZHU　弗兰克・鲍姆 著　约翰・R.尼尔 绘　刘丽莉 译

出版发行　新疆青少年出版社有限公司
社　　址　乌鲁木齐市北京北路29号
电　　话　0991—6239231（编辑部）
经　　销　各地新华书店
印　　刷　天津融正印刷有限公司
法律顾问　王冠华 18699089007
开　　本　787mm×1092mm　1/16
印　　张　12
版　　次　2023年6月第1版
印　　次　2023年6月第1次印刷
书　　号　ISBN 978-7-5590-9328-8
定　　价　48.00元

新疆青少年出版社有限公司官网　http://www.qingshao.net
新疆青少年出版社有限公司天猫旗舰店　http://xjqss.tmall.com

CHISO 新疆青少年出版社

Preface 前　言

我惊讶地发现在我的小读者中，有一部分孩子的想象力正在突飞猛进地发展，这真是一件可喜可贺的事情。想象力将人类从黑暗蒙昧带入了文明开化；想象力指引着哥伦布发现了新大陆；想象力引领着富兰克林发明了避雷针；还有蒸汽机、电话、汽车、飞机……所有这些发明都是想象力促成的，是想象力让我们的生活变得更加便利。一切发明在转化为现实之前都不过是发明者头脑中的一个梦想，有时候只是一闪即过的一个念头，甚至有人嘲笑他们这不过是离经叛道的白日梦，甚至嘲笑他们脑子有毛病，不过在我看来，那些冷嘲热讽的人太过墨守成规，已经失去了灵性。我相信，梦想是成功的前提，梦想会给世界带来更多美好的事物，梦想会推动人类的进步和世界的发展。

孩子的想象力得到充分的保护和开发，他们成年后就会成为充满创造力的成年人，用他们的智慧打破认知的陈规，去创造发明，突破人类的局限，培育新的、更高级的文明。而故事书则是对想象力进行启蒙的重要媒介，正如一位教育家所说的那样，故事、童话在培养儿童创造力的过程中价值是无可限量的。

我的很多小读者都喜欢给我来信，提出他们对下一本故事书的期待和建议，看得出来，他们都是经过精心推敲才落笔的，那些主意很多都很新颖，很吸引人，不过也有些过于夸张的，比童话还要离奇。无论如何，我都很欣赏这些主意和想出这些主意的小脑瓜，而且，我要告诉你们，这本《失踪的公主》故事的灵感就来自一个小姑娘的大胆假设。那天，我接到了一个电话，是一个声音甜美的小姑娘打来的，她也是奥兹国故事的小书迷，她对我说："我猜，如果有一天奥兹玛突然失踪了，有可能是被人绑架了，这样的话奥兹国的人一定会很伤心的。不过谁有这么大本事呢？"

于是，就有了现在的这个故事，那个小姑娘帮我构思出了一个谜一样的开头，后面的发展更是引人入胜。希望这个故事能够赢得大家的青睐，我在故事里面设计了一些线索和暗示，相信小读者们都能读懂。

最后，我还是要再次提醒大家，不管你有任何想法，对故事满意或是不满，都可以马上写信给我，不要迟疑，不要不好意思。现在就动笔吧，写信给我，告诉我你的想法、把你的白日梦讲给我，我很感兴趣，尽管我不敢保证你们的主意都一定会出现在故事中，但是能够看到越来越多的孩子敢于想象、敢于做梦就是我最大的成就。无论如何都不要忘记，奥兹国的故事就是属于你们的，我亲爱的小读者们，我是你们忠实的搭档。我只写你们想看的故事，只要你们想读，我就一定会继续写下去。我在想，或许在奥兹国的下一次历险中，我们的主角应该是铁皮樵夫这个老好人。

弗兰克·鲍姆

奥兹国皇家史学家

目录

Contents

目录

Contents

第一章

离奇的失踪

一件毋庸置疑的事情发生了：奥兹仙境的统治者——可爱的奥兹玛公主失踪了。她已经彻底消失了，没有一名臣民——甚至她最亲密的朋友——知道她的下落。

第一个发现奥兹玛失踪的人是多萝茜。这个来自堪萨斯州的小姑娘自从来到了奥兹仙境后，就一直住在奥兹玛的宫殿里。奥兹玛公主非常喜欢多萝茜，希望她住得离自己近点儿，这样，她们每天都能聚在一起。

多萝茜并不是唯一受到奥兹玛欢迎并住在王宫的外国女孩，王宫里还住着另外两位少女，分别是贝

翠·鲍宾和特洛特。贝翠在探险途中经过奥兹国时，遇到了困难，曾求助于奥兹玛。奥兹玛公主心地仁慈，为她解除了麻烦。为了感激奥兹玛的恩惠，贝翠自愿留了下来。特洛特呢，则是接受女王邀请而来到这个神奇仙境的，与她同来的还有她忠心耿耿的伙伴——比尔船长。

三位少女在宫殿里各有自己的房间，她们是亲密无间的朋友。当然，与女王最亲密的还是多萝茜，她可以在任何时候去王宫里拜访奥兹玛。因为多萝茜在奥兹国生活的时间比另外两个女孩长得多，如今她已成为奥兹国的公主了。

三个少女年龄相仿，贝翠最大，多萝茜居中，特洛特最小，彼此相差一岁。三个人很快成为要好的玩伴，并一起度过许多美好时光。一天，她们在多萝茜的房间讨论什么地方最美丽，她们都想进行一次难忘的旅行。贝翠提议说:“我们应该去奥兹国最古老的四大领地之一——蒙奇金，虽然我们都没有去过那里，可稻草人说过，那里就像是人间天堂，是奥兹国最美的地方！”

“我也想去！”特洛特说。

“好吧。”多萝茜说，“我去问问奥兹玛。也许她会让我们坐锯木马和红马车，这对我们来说比一路走过去要好得多。当你到达奥兹国国界时，会发现这个国家太大了。”

说完，多萝茜立刻动身去找奥兹玛，她欢快地穿过富丽堂皇的走廊，来到二楼专属奥兹玛的女王寝宫前。可房间里静悄悄的，看不到女王的身影，只有奥兹玛最信任的女仆吉莉娅正忙着做针线活。

“奥兹玛起来了吗？”多萝茜问。

“我不知道，亲爱的。”吉莉娅回答。“今天早上我没有听到她的任何消息。她甚至没有叫我服侍她洗澡或吃早餐，现在已经远远过了她平时做这些事的时间了。”

“那太奇怪了”小姑娘叫道。

“是的。”女仆赞同道，“不过你别担心，她肯定不会遇到伤害的。在奥兹国的土地上，没有人会死去或被杀死，而奥兹玛本人就是一位法力超群

的仙女，据我们所知，她没有敌人。所以我根本不为她担心。尽管我必须承认，今天她的沉默是不同寻常的。”

“也许，”多萝茜若有所思地说，“她睡过头了。或许她正在读书，或是想出某种新的魔法来为她的人民做好事。”

“你说得对，所以我不敢去打扰她。可你和公主情同手足，如果你去看她，她一定不会责怪你的。要不，你就进去看看她在不在吧。”

“我也是这样想的。”多萝茜一边说着，一边打开外室的门，走了进去，屋里静悄悄的。随后，多萝茜进入了奥兹玛的会客室，拨开一块用金丝绣成图案的厚绒帘幄，进入奥兹国女王的卧室，却看到奥兹玛的象牙镶金床上是空的，并没有奥兹玛的身影。

多萝茜非常吃惊，这种事情可是第一次遇到，不过她倒不担心奥兹玛会遭遇什么不幸。于是，她又在内宫各处寻找。从会客厅、盥洗室、更衣室，到图书馆、音乐厅、贮藏室，甚至女王隔壁的觐见厅，所有的房间，她统统搜寻了一遍，可还是没有发现奥兹玛的踪影。

多萝茜没办法，只好回到前厅，对吉莉娅说：“奥兹玛不在房里，应该是出去了。”

吉莉娅很吃惊：“不会吧？我一早就在外屋做事，没有看见女王从面前走过呀。难道她使用了隐身魔法？”

“这我就不知道了，但这里我已经找遍了，没有看见她的人影，她一定不在房间里。”多萝茜坚持道。

“那我们去找她吧。”吉莉娅建议道，她似乎有些不安。

她们匆忙上了走廊，没走多远，迎面跳来一个怪模怪样的女孩，差点儿撞上多萝茜，她正在跳着奇怪的舞蹈，不停地沿着走廊转圈。

“停一下，废布料，你看到奥兹玛公主了吗？”多萝茜问。

“我的眼睛看不见啊！”废布料尖叫道，“昨晚我和猢麒闹着玩，不小心就打了起来，结果，他抓掉了我的眼睛，眼珠就在我的背包里。今天早上，亮纽扣带我去找爱姆婆婆，让她帮我缝好的。所以，在这之前，我什么都看不见，怎么能看到奥兹玛？”

“知道了。”多萝茜点了点头，打量着她那两颗黑色的纽扣眼睛，它们看上去又黑又圆，散发着明亮的光芒，显得非常古灵精怪。

废布料是个奇怪的女孩，她的外号叫作“碎布姑娘”，因为她的身子是各种颜色的布拼成的，看上去乱七八糟，让人眼花缭乱，甚至脑袋里都装着棉花。她的头发是棕色的棉线，凸起的鼻子也是脸上的碎布，红色的嘴唇只是一条线，就连牙齿都是珍珠做成的，小小的舌头是红色的法兰绒，看上去非常鲜艳，只要一张嘴，就是红色一片。

虽然废布料只是个布娃娃，可她却有一桩好处，那就是心地比人类还要活泼善良，奥兹仙境的人，无论是谁，只要一认识她，就都喜欢上了她。可是她的性格有些古怪，做出的一些事就不那么容易让人理解了。她生性好动，好像没有一刻能安静下来，总是到处跳舞、找人打架，不管有没有人喜欢听，总是大声发表着自己的看法。这一点，让人比较讨厌。

“好了，我们该走了，去找奥兹玛。”多萝茜不愿意在她这里多耽搁。

“我的眼睛比谁都漂亮，能看到世界上所有的东西，让我也来帮忙吧！”废布料说。

“我不认为你的眼睛那么厉害，可如果你想帮忙，我也不会拒绝，一起走吧！”多萝茜说。

三个人围着宫殿找了很久，甚至跑去了花园的树洞中，可谁也没有发现奥兹玛的身影，就连其他的女仆也不清楚她的行踪。看来，女王的确是不见了。

多萝茜越来越担心，毕竟，女王是她最贴心的朋友，真要有什么好歹，那可不是什么好玩的事。同时，女王还是整个奥兹国不可缺少的主心骨。想到这里，她难过地问贝翠和特洛特：“怎么办？到处都找不到女王，她到底会去哪里呢？”

“她怎么不说自己要去哪儿？”特洛特问。

“所以才会很奇怪！毕竟我们关系这么好。”多萝茜说，“如果她有什么消息，一定不会忘记告诉我的！我们之间几乎没有什么秘密，我有什么事情，都是第一个对她说的。”

“有了！我们去看魔法地图吧！它一定会给我们答案！”贝翠建议道。

“这真是个好办法！”多萝茜很兴奋，三个姑娘一起寻找宫殿里的魔法地图。

魔法地图是奥兹玛最珍贵的宝物之一，它的四周镶嵌着金色的边框，还有繁复的美丽花纹在布面上缠绕，看上去神秘又古老。魔法地图的神奇就在于它知道所有人的行踪，如果你想知道某人在哪里、做什么，只要站在它的面前，大声说出心愿，它就很快会帮你实现。可以说，整个奥兹仙境的人，都能在魔法地图里找到他们的踪迹。

三个姑娘很想知道奥兹玛在哪，现在，魔法地图是她们唯一的希望了。

魔法地图挂在奥兹玛公主房间的墙上，为了保护它，地图前总是挂着厚缎子的幕帘，多萝茜走过去，扯下帘子，惊讶地盯着看，而她的两个朋友也发出了失望的感叹声。

魔法地图竟然不翼而飞了！只有幕帘后面墙上的一块空白，显示了它以前就挂在那里。

第二章
女巫格琳达的大麻烦

就在奥兹玛失踪的当天早上，奥兹仙境法力强大的女巫——格琳达好女巫所在的城堡里也发生了一阵骚乱。

格琳达的城堡坐落在奎德林，在奥兹玛统治的翡翠城南端，是一座由精美的大理石和银色格栅组成的壮丽建筑。好女巫住在这里，被一群奥兹国最美丽的少女包围着，她们来自奥兹仙境的四个领地和壮丽的翡翠城，分别按所在领地的方位站定。

侍候善良的女巫被看作是一种莫大的荣誉，好女巫的魔法只用于造福奥兹国人民。格琳达是奥兹玛最尊贵的仆人，因为她的魔法非常神奇，她几乎可以完成她的女主人、奥兹国统治者、那

个可爱的女孩希望她做的任何事情。

在城堡里，围绕着格琳达的所有具有神奇魔力的东西中，没有比她的那本魔法记事簿更奇妙的了。在这本记事簿的页面上，日复一日、时时刻刻都在不断地记录着已知世界任何地方发生的所有重要事件，而且它们正是在事件发生的那一刻同时记录在书中。在奥兹国和广阔的外部世界中的每一次冒险，甚至在你我从未听说过的地方，所有事件都被准确地记录在了这本伟大的记事簿中，它从不出错，只陈述了确切的事实。正因如此，没有任何事情能瞒过善良的格琳达，她只要看看魔法记事簿的书页就知道发生的一切。这就是她成为一个伟大的女巫的原因之一。

这本精彩的书被放在格琳达客厅中央的一张金色大桌子上。镶有珍贵宝石的桌腿牢牢地固定在瓷砖地板上，书本身也被固定在桌子上，并用六把结实的金色挂锁锁着。开锁的六把钥匙挂在一条项链上，为了保险起见，格琳达把项链锁在自己的脖子上。

记事簿的开本比一张报纸还大，尽管纸张超薄，但因页码太多，合在一起体积庞大，加上黄金封皮和锁链，以它的重量估计三个彪形大汉也难以抬起来。所以，在奥兹仙境内，一般人是不会有偷窃魔法记事簿的打算的。因此，多年以来，魔法记事簿都平安地躺在格琳达城堡大厅的桌子上。

可这天早上，当格琳达吃完早餐走进她的客厅时，所有女侍都跟在她身后，格琳达惊讶地发现桌上的魔法记事簿竟然神秘地消失了！

走近桌子前，发现那些粗重的链子全部被利器斩断了，凌乱地散落在地上，桌子的四脚还留下了很多深深的划痕。可想而知，这一定是有人在深夜，趁城堡里的人们正在酣睡时，偷偷潜入城堡，偷走了她的钥匙，割断了那些链子，偷走了魔法记事簿。一切发生得如此隐秘、悄无声息，真是不简单！到底是谁，竟然如此胆大包天，成功偷走魔法记事簿呢？他有何居心？要知道，整个奥兹国内，只有格琳达的魔法是最高明的，所有的臣民们都知道格琳达在奥兹国内的地位，不会有人轻易冒险来偷魔法记事簿的。但现在，魔法记事簿真的不见了，这又是怎么回事呢？

女巫沉思了好久，思考她失去魔法记事簿的后果，然后她走进魔法室，准备在那里施魔法，看一下谁偷了记事簿。可她打开密室的门，来到橱柜前，掏出钥匙打开锁，拉开橱门时，惊讶地发现她所有的魔法工具和珍贵的炼丹药剂竟然被一扫而空！

格琳达此时既愤怒又惊恐。她在椅子上坐下，努力思考这起非同寻常的盗窃案是怎么发生的。显然，那个窃贼的本领一定非常高强，否则他不可能在自己毫无察觉的情况下，完成盗窃。放眼整个奥兹国国土，谁有这么高强的本领来做这件可怕的事情呢？谁有勇气公然挑衅世界上最聪明、最能干的女巫呢？

格琳达把这件令人费解的事情反复思忖了整一个小时，最后仍然不知道该如何解释这一切。不过，尽管她的魔法工具和珍贵的炼丹药剂统统不见了，可她高超的魔法本领是无法被偷走的，就算盗贼再怎么厉害，也无法偷走别人的学识。正因如此，知识才是人们最好和最可靠的财富。格琳达暗下决心，要尽快搜集和制作新的魔法工具，以便能快速恢复自己的魔法功力，并早日查清魔法记事簿的下落，揪出幕后的黑手。

“无论谁干了这件事，”她对她的侍女说，“这家伙一定愚蠢至极，迟早会被发现，然后受到严厉的惩罚。”

她把需要的物品开列出一张单子，并派人员前往奥兹国各地搜集，吩咐他们尽快弄到并带回给她。其中一人遇到了小个子奥兹魔法师，骑着那匹全国闻名的锯木马，双手紧紧抱着马脖子，一路飞奔来到了格琳达的城堡。一看到格琳达，他马上就向格琳达报告：“不好了，我们的奥兹玛公主失踪了！”。

“而且，”小个子魔法师站在惊讶的女巫面前说道，“奥兹玛的魔法地图已经不见了，所以我们无法查阅它来查明她在哪里。意识到失去宝物后，我就立即来找你帮忙，让我看看魔法记事簿吧。”

“唉！”女巫悲痛地回答说，“我也无能为力，因为魔法记事簿也不见了！”

第三章

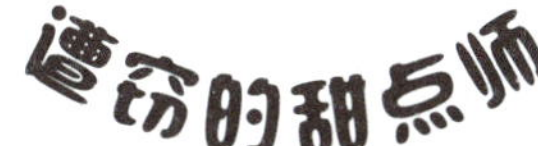

在那个多事的早晨，奥兹国又发生了一件重大的盗窃案，但是这件事发生在离翡翠城和格琳达的城堡都很遥远的地方，所以翡翠城里的人和格琳达直到很久以后才知道这件事。

在温基遥远的西南边陲，有一片广阔的高地。不过，要到高地上去可不是件容易的事，因为无论从它的哪一面上去，都必须先攀爬过一座陡峭且布满荆棘的山坡。没办法，高地的四面全是山坡，根本没有路，有的只是密密麻麻长着尖刺的荆棘。这道天然屏障既阻止了生活在高地下的奥兹国人爬上去探个究竟，也阻止了生活其上的耶普人下来。虽说这片辽阔的高地面积并不大，且生活在这里的全都是耶普人，但不管怎么说，他们是这片土地的主人，享有完全的自主权。在这个故事开始之前，世代生活在高地上的耶普人，从来没有一人走出高地，到下面的奥兹国看一下。当然，也没有任何一个生活在高地下的奥兹国人登上过高地，拜访这个与世隔绝的耶普人家园。

高地上的耶普人的生活方式和理念真可谓是特立独行，完全不同于任何奥兹国的其他人。他们的住宅毫无规划，十分零散地建在高地各处，完全不像城镇的房屋那样集中。居住者爱住哪儿，就住哪儿，有住田野的，有住树林的……而且连接房子间的都是弯弯曲曲的小路。

就在奥兹玛从翡翠城神秘失踪的那天早晨，这里的糕点师凯特突然发现，她最喜欢的镶嵌着钻石的黄金洗碗盆不翼而飞了，她翻遍了屋子的每个角落也没有找到，那可是她心肝宝贝啊！

凯特伤心欲绝地哭喊着、尖叫着，她的声音洪亮，随风飘远，一时闹得沸沸扬扬，很快引来大批耶普人围在她家门前，打听到底出了什么事。

偷窃是多么可恨的事情，无论是在奥兹国任何地方都是严重的罪名。所以当这些耶普人得知糕点师凯特的黄金洗碗盆被偷了，个个像受了奇耻大辱般难以接受，他们激动地要求凯特随他们一起去找睿智的蛙人，看看他如何处理这件棘手的事情。

我想你以前一定没有听说过这个青蛙人，因为他和其他住在这片高地上的人一样，从来没有离开过这片高地，也没有人来看过他。事实上，青蛙人是奥兹国普通青蛙的后代，刚出生的时候住在温基的一个水潭里，和其他青蛙没什么区别。然而，他生性爱冒险，很快就跳出生养他的水潭，开始到处旅行，这时一只大鸟飞来，用嘴叼住他，带着他飞向巢穴。青蛙在空中疯狂地扭动着，终于挣脱了鸟嘴，掉了下来，他不断地往下掉呀掉，最后掉进耶普人居住的高地上一个隐蔽的小池塘里。耶普人似乎不知道这个水池的存在，因为它被浓密的灌木丛团团围住，而且远离任何住所。原来这是个中了魔法的小池塘，这只青蛙吃了中魔法的斯考什后长得又快又大，这种中魔法的斯考什除了这个池塘外，陆地上任何其他地方都没有。这种食物不仅使青蛙变得非常高大——当他用后腿站立起来时和耶普人一样高，而且使他异常聪明，因此他很快就比耶普人懂得更多，并且能有理有据地推理和辩论。

要让拥有卓越才能的青蛙一直待在一个隐蔽的小池塘里真是太难为他了。于是，他离开了小池塘，走进耶普人中间。人们对他的外表大为惊叹，对他的学问也印象深刻。在这之前他们从来没有见过一只青蛙，这只青蛙也从来没有见过一个耶普人。不过，耶普人有很多，而青蛙只有一只，所以青蛙成了高地上最重要的人物。不久，他习惯了人类的生活，放弃了蹦跳的习惯，并穿上了华丽的衣服，模仿耶普人的生活，坐在椅子上，做着人们做的一切事情。所以不久后人们就称他为蛙人，这是他唯一的名字。

几年过去了，这里的人们逐渐把蛙人当作他们的顾问，来解决所有让他们困惑的问题。只要遇到困难，他们就去请教蛙人。当然，蛙人也不是什么都知道，可即便他不知，他也能假装知道，煞有介事地回答问题。的确，耶普人认为蛙人比他们要聪明得多，他乐于接受他们这样认为，并对自己的权威地位感到十分自豪。

高地上还有一个水池，这个水池没有中过魔法，而且靠近民居，池水清澈见底。人们在水池边为蛙人建造了一座房子，这样他就可以随时洗澡或游泳。平时一大早，别人还没起床，他就在游泳池里游泳，白天他穿上漂亮的衣服，坐在家里，接待来找他咨询的耶普人。

现在的蛙人和以前已经完全两样了，看他的衣服是多么华丽，金黄色

的厚绒短裤，上面缀着金色的带子，鞋子和马甲上都镶满了宝石，绿色的鞋子鞋尖微翘。有时他还会戴上红色的帽子，拿起金色的手杖，在半空中骄傲地挥舞着。而这些，都是耶普人送给他的，他如果不要，这些耶普人还不高兴呢。蛙人每天出门都会戴上眼镜，这并不是因为他近视，只是在他看来，这样会显得更加博学。他的外表是那么高雅、华丽，以至于全体耶普人都为他感到骄傲。

耶普领地虽然人数不少，但却不团结，也没有领导者，蛙人依靠自己的聪明，让人们折服，自然就成了他们的首领。蛙人明白，自己并没有什么实权，真正要指挥这些耶普人干这干那也不可能，可他只是一只青蛙，有了目前这一切，就已经很满足了，还奢求什么呢？他耍弄了所有的耶普人，让他们崇拜他、尊重他，这已经很厉害了。难道自己真的要当这些耶普人的国王吗？蛙人想想都觉得这想法很可笑，自然，也就不去做这个梦了。

耶普没有国王，也没有女王，所以在任何紧急情况下，那些单纯的居民自然而然地把蛙人当成了他们的首领和顾问。蛙人心里明白，他并不比耶普人聪明，但对于一只青蛙来说，能知道像人一样多的东西是相当了不起的，而蛙人也足够精明，让人们相信他比实际聪明得多。他们从来没有怀疑过他是个骗子，而是恭恭敬敬地听他的话，按照他的建议去做。

所以当凯特因为丢失了金洗碗盆而大声哭叫的时候，大家都来找蛙人求助。听了凯特的疑惑，蛙人觉得这不应该是个难以解答的问题，于是，就小声说道："它一定是被人拿走了！"

"小偷是谁？"凯特追问。

"就是偷走你洗碗盆的人啊！"

听到这话，所有耶普人都装作明白地点了点头："说得完全正确！"

"但我想要我的洗碗盆！"凯特叫道。

"没有人能因为这个愿望责怪你。"蛙人说。

"那么告诉我在哪里可以找到它。"甜点师敦促道。

蛙人向她流露出一种非常睿智的眼神，他从椅子上站起身来，双手插在燕尾服的尾下，在房间里来回走动，举止非常浮夸。这是他第一次遇到如此棘手的事情，他需要时间思考。绝不能让人们怀疑他的无知，所以他非常努力地思考如何在不露怯的情况下回答这个女人。

“我们这里从未出现过小偷。”蛙人皱起眉头说。

“这一点我们知道！”凯特不耐烦地回答道。

“因此，”蛙人继续说道，“这次盗窃是一件非常严重的事情。”

“那么，我的洗碗盆在哪里？”甜点师凯特继续追问。

“它被偷走了，但必须找到。可惜我们没有警察或侦探来解开这个谜团，所以要想想其他办法。”蛙人思索着，“凯特，你必须写一张‘偷碗者请立刻归还！’的纸条贴到门上。”

“如果这样还是不行呢？”

“那就说明你的洗碗盆没丢啊！”蛙人说。

在凯特看来，这不是好的办法，可所有的耶普人却很赞同。因为蛙人以往的建议都得到了应验，这次应该也不例外。于是，在大家的建议下，凯特只能这样做，每天都等着小偷来还。可结果并不如意，一连好几天过去了，窃贼还是没有醒悟，她的金洗碗盆仍然没有出现。

于是耶普人又带着凯特来找蛙人了。对于这件事，蛙人早就有了准备，他淡定地说：“现在有了答案，偷你洗碗盆的人并不在这里，在我看来这里一定有了外来者。就是他偷了碗！他在某个深夜闯进你的家，将它拿走了。如果想要找到碗，只能离开这里到山下去。”

听到这些话，耶普人都惊呆了，他们连忙跑到山顶看着下面陌生的世界，因为太过遥远，所以什么都看不到。在耶普人看来，跑到山下是一件危险的事情，他们不能轻易冒险。而且他们祖祖辈辈都住在这里，从没有下山过，现在要为了一只金洗碗盆下山，大家多少有点不情愿。

但凯特毕竟惦记着她的金洗碗盆，这可是她的宝贝，绝对不能就这么丢了，是一定要找回来的。她想了很久，认为现在最重要的事情就是要找回金洗碗盆，即使离开这里也在所不辞。她连忙问道：“有人愿意和我下山吗？”

所有人都不敢回答。过了很久，才有人说：“我们已经在这里住了很久了，日子也过得很舒服，有谁知道外面是什么样呢？如果那里充满了危险怎么办？我看，我们还是待在这里，至于洗碗盆，就算了吧。”

“说不定那是个好地方！”凯特说。

“或许是吧。可还是这里最安全，我们什么都不缺，而且你的糕点我们已经习惯了，不想再吃其他的了。”其他耶普人说。

可凯特还想着她的洗碗盆，什么话都听不进去，她难过地叫喊着：“你们太懦弱了！连探险的勇气都没有吗？你们不去，我自己去！”

“我们都同意。”耶普人们放下心了，觉得自己不会再为此而操心了，“是你丢了东西，应该你自己找，我们不会阻拦的！”大家心里巴不得凯特赶紧走，不然，说不定她会强迫大家寻找黄金洗碗盆呢。

这时蛙人就坐在山顶上面，看着陌生的世界开始了新的思考，他对那个地方也很好奇。在山顶上，他已经找不到更有趣的东西了，找不到任何的新鲜感，他多希望更多的人知道他，像耶普人那样崇拜他。蛙人认为，所有人都该跪在他的脚下，叫他英雄。毕竟，这种当英雄的感觉很爽，但总跟这群笨蛋在一起，有意思吗？蛙人觉得真没意思，每次都为他们解决那些蠢问题，他早就烦透了。如果有机会到外面的世界去看看，那不是更好吗？

虽然他不了解那个世界，可他相信，只要走出这里，会有更多的人崇拜他，了解他的智慧，如果永远留在山上，那么这个梦想就无法实现。现在不正是时候吗？他立刻对凯特说：“让我和你一起去吧！”

蛙人的话让耶普人都吃了一惊，他们实在不明白，为什么聪明的蛙人做出了这么个愚蠢的决定，好吃好喝的日子不过，却非要离开这里去闯荡。

但凯特非常开心，因为蛙人是这里最聪明的人，有智慧蛙人的帮助，她的洗碗盆一定能找到。

没想到，蛙人一说要到外面去，立刻就有九位年轻的耶普人也决定和

蛙人同行。他们准备好了行李，很快出发了。蛙人害怕山下的荆棘剐花身上漂亮的衣服，就动了动头脑，这么简单的问题是难不住他的，没费多大的工夫，他就想到了一个好办法，让年轻人走在前面，同样衣着华丽的凯特和自己走在最后。

这时，天已经黑了，可他们只走了一半的山路，眼前什么也看不清了，面前只能碰到那些弯弯曲曲的荆棘。走了一段路之后，所有人都累坏了，又找不到眼前的路，于是蛙人提议，为了防止出现什么意外，大家就先在山洞中度过这个恐怖的夜晚，明天再继续出发。他的话很有道理，大家听从了，马上就找到了一个山洞，都在里面歇息了。到了第二天早上，凯特最先醒来，她从包裹中拿出美味的糕点做早餐，大家是为了她的事而奔忙，她有理由让大家都吃喝好。等到大家吃饱喝足后，体力也恢复了，于是，又精神饱满地出发了。

又走了很久的路，九个从没有出过远门的年轻人开始害怕了，因为路途还那么遥远，根本望不到尽头，而且因为他们走在最前头，他们身上的衣服也被荆棘钩破，变得破破烂烂。可身后的凯特和蛙人呢？他们和出发时一样光彩照人，甚至连一点儿灰尘都没沾上呢！

一个耶普人忍不住了，他对凯特说："偷你洗碗盆的绝对是鸟！因为男人、女人和孩子，怎么能穿过这么危险的地方？你看看这地方，我们都走得这么费劲，外人怎么走得过去？"

"而且就算是人，那么他是为了什么呢？就为了偷你的金洗碗盆吗？根本不值得！"第二个人也说。

"这么疲惫的路，我宁可自己买来金子，做一个金洗碗盆，也好过穿越这片地方。你看我现在多惨！"第三个人说，显然，他已经后悔了。

面对这些抱怨，凯特和蛙人全都装作听不见，虽然他们走得很慢，可如果少了九个年轻人带路，他们是走不到这里的，所以不能失去他们。

几天后，他们终于来到了山下，却被一条河挡住了，它看上去又宽又急，普通人根本无法走过，如果掉下去只能被淹死。

"我们不能走了，要回去了。"耶普人都害怕地说，"这条河太恐怖了！"

“怎么会这样！我的洗碗盆该怎么办？”凯特想到自己的那个宝贝黄金洗碗盆，就忍不住大哭起来。

蛙人却不怎么害怕这样的水，他俯下身来，仔细打量着河水，然后自信地说道：“我不怕，因为我是青蛙，所以我能跳过去，而且我的体型也够大，这条河根本不算什么。至于你们……”他拉长了声音，“你们这些耶普人，都是普通人，又不会游泳，再往下走，也帮不了什么忙了，就回去好了。”

“这太好了！”耶普人就等着他说这句话，他们立刻欢呼着转身，朝着他们居住的山顶走去。对于他们来说，这段旅行简直就是折磨，这样结束真是太好了。只有那丢了金洗碗盆的凯特伤心地坐在地上，不停地流泪。

“你也离开吧，如果能找到你的洗碗盆，我会还给你的。”蛙人说。

“我必须亲自去找！”凯特大叫，“蛙人，你应该带我跳过去啊！是你将我带到这里的，带着我跳过去！这对你来说很简单，不是吗？”

蛙人想了想，认为凯特说得没错，他点了点头：“虽然这有些危险，可如果你不怕的话，我愿意帮你。”

凯特一刻也不犹豫，飞快跳到了蛙人的身上，紧紧抱住了他的脖子。蛙人弯下腰，弯曲双腿，然后用力一跃，朝着对岸跳去。

为了能一次跳过去，蛙人做足了充分的准备，用了很大的力气，他猛地向上一跳，就带着身上的凯特很快飞到了半空中。冰冷的风从耳边吹过，凯特害怕极了，觉得自己这样冒险还真是不值得。她一直紧紧闭着眼睛，不敢朝下看，直到落地后才忍不住回头去看，却吃惊地发现，那条小河已经被甩到很远的后面了。落地后，就连蛙人也想不到自己还真的有这种本领，如果不是外面的世界对自己的诱惑力，蛙人知道自己是不会这么冒险的。

跳过这条河之后，蛙人骄傲地站直了身子，整理着衣服的褶皱，高声说道：“没想到我这么厉害！”

“在弹跳方面，你很有天赋。”凯特也大声夸奖，“不只是弹跳，你还拥有超凡的智慧！相信其他人也会这样想！”

“你说得没错，每个人都会欣赏我的智慧，就算是陌生人也会惊叹的。凯特，记住我的每一句话，会有用的！”

“从你宽大的嘴巴就能看出来了。”凯特说。

“这是天生的！上天赐予我的！”蛙人越来越自豪，“我们快点赶路吧，天要黑了。”

蛙人说完，就领着凯特继续往前走了。

第四章

温基领地

温基领地的定居地区住满了幸福和满足的人民，他们由一个名叫尼克·乔伯的铁皮皇帝统治，而他呢，又是美丽的奥兹国统治者奥兹玛公主的臣子。但并不是所有的温基领地都已完全安定下来。在东边，离翡翠城最近的地方，有美丽的农舍和道路。但是当你继续往西方前行时，你首先会来到温基河的一条支流，河那边有一片尚未开垦的荒野，那里只住着少数的人，其中有些地方几乎不为世人所知。穿过这片没有人去过的蛮荒地带之后，你会来到温基河的另一条支流，穿过这条支流之后，你会发现温基领地的另一个有人定居的地方，向西一直延伸到死亡沙漠，这片沙漠紧紧将整个奥兹仙境围住，把奥兹仙境与普通的外部世界分隔开。住在西部的温基人有很多锡矿山，他们用镀锡铁皮做了大量华美的珠宝饰物和其他物件，这些东西在奥兹国内受到高度赞赏，因为铁皮是那么闪亮、美丽，而且数量比金银多。

然而，并不是所有的温基人都是矿工，也有些人耕种田地，种植谷物作为食物。蛙人和甜点师凯特从耶普人居住的山上下来后，首先到达的就是温基领地最西部的一个这样的农场。

“天哪！”温基人内拉莉看到这两个陌生人走近她家时，叫道，“我在奥兹国见过许多稀奇古怪的动物，但最奇怪的莫过于这只大青蛙了，他居然穿得像个男人，用后腿走路。快来看，威尔琼！”她对正在吃早餐的丈夫喊道，“看看这个惊人的怪物。”

温基人威尔琼走到门口，向外张望。蛙人走近时他仍然站在门口，只听蛙人傲慢地呱呱叫道：“告诉我，我的好人，你见过镶满钻石的金洗碗盆吗？”

“没有，连镀铜的龙虾我也没见过。”威尔琼用同样傲慢的口吻回答。

蛙人盯着他说：“别那么蛮横，伙计！”

“是啊！”甜点师凯特急忙附和说，“你必须对伟大的蛙人很有礼貌，因为他是世界上最聪明的生物。”

“谁说的？”威尔琼问道。

“他自己也是这么说的。”凯特回答。蛙人点点头，大摇大摆地走来走去，非常优雅地转动着他的金手杖。

“稻草人是否承认这只长得太大的青蛙是世界上最聪明的生物？”威尔琼问道。

“我不知道稻草人是谁。”甜点师凯特回答。

“嗯，他住在翡翠城，他应该拥有全奥兹仙境最优秀的头脑。那是奥兹魔法师给他的，你知道的。”

“我的脑子天生长在我脑袋里。”蛙人傲慢地说，“所以我认为它一定比任何魔法师给的大脑都要好。我非常聪明，甚至有时我的智慧让我头疼。我知道的知识太多，因此我常常不得不忘记一部分。因为一个生物，无论他多么伟大，都无法容纳那么多的知识。”

“脑袋里充满智慧一定很可怕。”威尔琼沉思地说，用怀疑的眼光看着蛙人，“我很庆幸知道得很少。”

“不过，我希望你知道我的镶钻金洗碗盆在哪里。”甜点师焦急地说。

“我可不知道什么镶钻金洗碗盆。”温基人回答，“光管理我们自己的那些碗碟就已经够麻烦了，哪有闲情去管陌生人的碗碟呢。”

发现他如此无知，蛙人提议他们继续走，到别处去找凯特的洗碗盆。温基人威尔琼似乎没有对这位伟大的蛙人留下深刻的印象，在蛙人看来，这既意外又令人失望。也许这片未知土地上的其他人可能会表现得恭敬一些。

“我想见见那个奥兹魔法师。”当他们沿着一条小路走时，凯特说道，“如果他能给稻草人大脑，他也许能找到我的洗碗盆。”

“呸！”蛙人轻蔑地哼了一声，“我比任何魔法师都伟大。相信我吧。只要你的洗碗盆在世界上，我一定能找到它。”

“如果你找不到，我的心会碎的。”甜点师哀伤地说。

蛙人沉默了一会儿。然后他问道：“你为什么这么重视这个洗碗盆？”

“这是我拥有的最宝贵的财富。”女人回答，“从一开始，它就属于我的母亲和外祖母。我相信，它是整个耶普最古老的东西。而且，”她压低了声音补充道，“它有魔力！”

“那是什么意思？”蛙人问道，似乎对这个说法感到惊讶。

“拥有那个洗碗盆的人都是好厨师。没有人能做出像我做的这么好吃的甜饼，正如你和所有耶普人都知道的那样。然而，就在我的洗碗盆被偷后的第二天早上，我试着做了一批甜饼，它们在烤箱里烤焦了！我又做了一批，结果太难吃了，我很惭愧，把它们埋在地下。即使是第三批饼干，就是我随身带在篮子里的，也实在太糟，并不比任何没有金洗碗盆的女人烤得好。事实上，我的好蛙人，甜点师凯特再也做不出以前那么好吃的甜点了，除非将她的魔法洗碗盆还给她。”

“那样的话，”蛙人叹了口气说，“我们必须设法找到它。”

第五章
奥兹玛的朋友们的困惑

“真的，”多萝茜表情严肃地说，“这太令人吃惊了。整个翡翠城，我们居然连奥兹玛的影子都找不到。”

她和朋友们一起站在宫殿的院子里，而碎布姑娘斯克丽普丝绕着这群人跳舞，她的头发在风中飞扬。

“也许，”还在跳舞的碎布姑娘说，“有人把奥兹玛劫走了。”

“哦，没有人敢这样做！”小特洛特叫道。

“他还偷了魔法地图，所以我们不知道她在哪儿。”碎布姑娘补充道。

多萝茜说：“简直是无稽之谈。每个人都那么爱奥兹玛。在奥兹国，没有人会偷走她拥有的任何东西。”

“嗯！”碎布姑娘回答，“你并不认识奥兹国的每一个人。”

“为什么呢？”

“这是一个很大的国家，”斯克丽普丝说，“里面有窃贼和偏僻的地方，就连奥兹玛都不知道。”

“碎布姑娘真是疯了。”贝翠说。

“不，她说得对。”多萝茜若有所思地回答，“这个仙境里有很多古怪的人，他们从来没有靠近过奥兹玛或翡翠城。我自己也见过一些这样的人，女孩们。”

就在这时，锯木马驮着奥兹魔法师冲进了院子。

“你们找到奥兹玛了吗？”当锯木马停在他们身边时，魔法师叫道。

“还没有。”多萝茜说，“格琳达不知道她在哪里吗？”

“不知道，而且格琳达的魔法记事簿和她所有的魔法工具都不见了。一定是有人偷了它们。”

“天哪！”多萝茜惊呼道，“这是我听说过的最大的盗窃案。你认为是谁干的，魔法师？”

“我不知道。”他回答，“我回来是来拿我自己的魔法工具的，把它们带到格琳达那里去。她比我强大得多，她也许能够通过我的魔法工具发现真相。”

“那么，快点！”多萝茜说，“我们都担心死了。”

魔法师冲进了他的房间，但他马上折回，满脸悲伤。

“它们全没了！”他说。

“什么没了？”斯克丽普丝问。

“我的黑色魔法手提包。一定是被人偷了！”

他们惊异地面面相觑。

“这件事越来越严重了。”小个子魔法师继续说道，“所有属于奥兹玛、格琳达和我的魔法工具都被偷走了。”

“你认为会是奥兹玛出于某种目的亲自带走了它们吗？”贝翠问。

“肯定不会。”小个子魔法师说，“我怀疑某个坏人劫持了奥兹玛，生怕我们会跟踪并夺回她，所以偷走了我们所有的魔法工具。”

“太可怕了！”多萝茜叫道，“难道我们不能想办法来找到她吗，魔法师？”

“我去问问格琳达，我必须直接回去告诉她，我的法器也不见了。我知道，好女巫会大吃一惊的。”

说完，小个子魔法师又跳上锯木马，那匹从不疲倦的锯木马全速疾驰而去。

三个女孩心里很是不安。就连碎布姑娘也比平时更安静了，似乎意识到一场大灾难已经降临到她们所有人的身上。奥兹玛是一位法力超群的仙女，奥兹国内的所有生灵，以及外面世界来的三个凡人女孩，都将她视为保护者和朋友。她们可爱的奥兹国统治者被敌人制服，并从她华丽的宫殿中被绑架，这让她们无法接受。然而，这一神秘事件还能有其他更好的解释吗？

“奥兹玛不会在我们不知情的情况下单独离开。”多萝茜断言，“而且她不会拿走格琳达的魔法记事簿，或者魔法师的魔法工具。我敢肯定是某个坏人干的。”

“是奥兹国的人？”特洛特问道。

“当然。没有人能穿过致命沙漠，你知道，除了奥兹国的人之外，没有人知道魔法地图、记事簿和魔法师的魔法手提包，也不可能知道它们被保存在哪里。这个人一定是住在奥兹国里。”

“但是谁——谁——谁？”碎布姑娘问，“这就是问题所在。是谁？”

“如果我们知道，”多萝茜严厉地回答，“我们就不会站在这里，什么都不做了。”

就在这时，两个男孩走进了院子，来到那群女孩身边。一个男孩穿着奇特的蒙奇金服装——蓝色夹克、蓝色灯笼裤、蓝色皮鞋，戴着一顶高高的尖顶蓝帽，帽子边缘悬挂着小银铃——这就是幸运的奥乔，他来自奥兹国蒙奇金领地，现居住在翡翠城。另一个男孩是美国人，来自费城，最近刚在特洛特和比尔船长的陪伴下来到奥兹国。他就是闪亮扣，人人都这么叫他，他没有别的名字。

闪亮扣穿着同样的衣服，只是色彩不同。当两人手挽手走到女孩面前时，闪亮扣说道:“你好，多萝茜。听人说奥兹玛失踪了。”

“谁说的?”她问。

“城里每个人都在谈论此事。”他回答道。

“他们是怎么知道此事的?”多萝茜说。

“我知道，”奥乔说，“吉莉娅·詹姆告诉过他们。她一直在问有没有人见过奥兹玛。”

“那太糟糕了。”多萝茜皱着眉头说。

“为什么?”闪亮扣问道。

“在还没有绝对肯定无法找到奥兹玛前，让我们全体国民都难过是没有任何好处的。”

“哈!”闪亮扣说，“失踪算不上什么大事。我失踪过很多次了。”

“确实如此。”特洛特承认说，她知道这个男孩有迷路的毛病，“但这次奥兹玛就不一样了。她是这片伟大仙境的统治者，我们担心她失踪的原因是有人把她劫持走了。”

“只有恶人才会劫持人。”奥乔说，“你知道奥兹国有什么恶人吗，多萝茜?”

“不知道。”她回答说。

“不过，他们来了，就在奥兹国内!”斯克丽普丝喊道，她跳着舞绕到他们面前，“奥兹玛被劫持了，肯定是奥兹国内的某个人劫持了她;只有恶人才会劫持人，所以奥兹国内的那人是恶人!”

不可否认这句话的真实性。所有人的脸色此时都很严肃、悲伤。

“有一点是肯定的。”过了一会儿，闪亮扣说，“如果奥兹玛被劫持了，就应该有人找到她，惩罚那个坏人。”

“可能有很多坏人。”特洛特严肃地提醒说，“而在奥兹仙境里，好像没有一名士兵或警察。”

“有一名士兵。”多萝茜说，“他有绿胡须，有枪，是少将，但谁也不怕他的枪，也不怕他的胡须，因为他心地善良，连一只苍蝇都不会伤害。”

“嗯，士兵毕竟是士兵。”贝翠说，“虽然他不敢伤害一只苍蝇，但他也许会抓住坏人。他现在在哪里？”

“他大约两个月前去钓鱼了，还没有回来。”闪亮扣说。

“哦，那他也没什么用。”小特洛特叹了口气，“但是奥兹玛是一个仙女，可以在没有任何人帮助的情况下摆脱坏人。”

“她也许可以。”多萝茜沉思着，“但如果她有能力这么做，她就不可能让自己被劫持走。所以坏人的魔法一定比我们的奥兹玛更强大。”

没有人否认这一观点。尽管他们在那天剩余的时间里一直在讨论这件事，但他们始终无法确定奥兹玛是如何被绑架的，也不知是谁犯下了这件可怕的罪行。

傍晚时分，奥兹魔法师回来了，他骑在锯木马上缓缓而行，因为他感到沮丧和困惑不解。格琳达后来驾着她的由二十只乳白色天鹅拉着的空中战车来了，她也显得忧心忡忡。更多奥兹玛的朋友聚在了一起，那天晚上，他们一起进行了长谈。

“我想，”多萝茜说，“我们应该马上出发去寻找我们可爱的奥兹玛。我们在她的宫殿里过着舒适的生活，而她却被某个邪恶的敌人控制着，这对我们来说似乎太残忍。”

“是的。”女巫格琳达赞同道，“应该有人去寻找她。我自己不能去，因为我必须努力制造一些新的魔法工具，用来拯救我们可爱的统治者。但如果在我制造工具的同时，你们能找到她，让我知道是谁劫持她，这样我就能更快地营救出她。”

“那我们明天早上就出发！”多萝茜决定，“贝翠、特洛特，我不愿再浪费一分钟了。”

“我不确定你们这些姑娘能否成为好侦探。”小个子魔法师说，“但我会和你一起去，保护你们免受伤害，向你们提出我的建议。唉，我所有的魔法工具都被偷走了，所以我现在真的和你们任何人一样，不再拥有魔法。但我会尽力保护你们，让你们尽可能远离遇到的任何敌人。”

“我们在奥兹仙境内，还会遭受什么伤害？”特洛特问道。

“想想奥兹玛受了什么伤害吧。”魔法师回答说，“如果在我们的奥兹仙境中，有一个邪恶的力量，不仅能劫走奥兹玛和她的魔法地图，还能偷走格琳达的记事簿和她所有的魔法工具，还有装着我所有魔法工具的手提包，那么那个邪恶的力量可能会给我们带来相当大的危害。奥兹玛是仙女，格琳达也是，任何力量都无法杀死或摧毁她们，但你们几个女孩都是凡人，闪亮扣和我也是，所以我们必须处处小心，保护好自己。”

“没有什么能杀死我。”蒙奇金男孩奥乔说。

“的确如此。”女巫回答道，“我认为最好将搜索人员分成几组，这样可以更快地覆盖奥兹国全境。所以，我派奥乔、讷奇和皮普特博士去他们熟悉的蒙奇金；派稻草人和铁皮人到奎德林，因为他们无所畏惧、勇敢、永不疲倦；派邋遢人和他的兄弟、滴答人、南瓜人杰克去吉利金，那地方潜伏着很多危险。多萝茜可以自己组队，前往温基。你们所有人都必须四处打听奥兹玛，并千方百计找出她被藏在哪里。”

他们认为这是一个非常明智的计划，采纳了它。在奥兹玛缺席的情况下，善良的格琳达是奥兹国最重要的人，所有人都乐意听从她的领导。

第六章

寻找奥兹玛

第二天早上，太阳刚刚升起，格琳达就飞回她的城堡，途中还特地停下来吩咐稻草人和铁皮樵夫，当时他们正前往 H.M. 环状甲虫教授 T.E. 先生的学院里，准备去听他讲授药丸专利课。一听到奥兹玛失踪的消息，他们立刻动身前往奎德林去寻找她。

格琳达一离开翡翠城，滴答人、邋遢人兄弟和南瓜人杰克就立即动身前往吉利金；一个小时后，奥乔和皮普特博士踏上了去蒙奇金的旅程。等这些搜索队都走了，多萝茜和小个子魔法师完成了他们的准备工作。

小个子魔法师把锯木马套在红马车上，这辆车可以很舒服地乘坐四人。他希望多萝茜、贝翠、小特洛特和碎布姑娘乘坐马车，但斯克丽普丝骑着猢麒来到他们跟前，猢麒说他愿意加入他们的队伍。

猢麒是一种最奇特的动物，他有方形的头、方形的身体、方形的腿和方形的尾巴。他的皮肤很硬很硬，像皮革一样。虽然他的动作有些笨拙，但行走的速度相当快。他的方眼睛神色温和、柔顺，而且一点儿也不蠢笨。

猢麒和碎布姑娘是好朋友，所以小个子魔法师同意让他跟他们一起去。

这时，又一头野兽跑了过来，要求随行。他正是著名的胆小狮——奥兹国中最有趣的动物之一。在丛林或平原上漫游的狮子，在体型和智力上都无法与这只懦弱的狮子相提并论，他像生活在奥兹国的所有动物一样会说话，而且说话时比许多人更精明和睿智。他说他很懦弱，因为他总是在遇到危险时颤抖，但他已经多次面临危险，并在必要的时候英勇奋战。这头狮子是奥兹玛的最爱，每逢重要场合，她总是让他守护王位。他也是多萝茜公主的老伙伴和好朋友，所以女孩很高兴他加入了她们的队伍。

“我太为亲爱的奥兹玛担心了。”胆小狮用低沉、隆隆的嗓音说，“当你们都在积极寻找奥兹玛时，把我留在家里，会令我非常不安的。但是千万别陷入危险之中，危险会是吓坏我的。”

“如果我们有办法，就不会陷入危险。”多萝茜保证道，“但我们会不惜一切代价找到奥兹玛，不管有没有危险。”

猢麒和胆小狮的加入让贝翠有了一个想法，她跑到宫殿后面的大理石马厩，牵出她的那头叫汉克的驴子。也许你见过驴子，但绝对没有见过像汉克那样瘦骨嶙峋、其貌不扬的驴子，但贝翠非常爱他，因为他忠诚、稳重，而且不像大多数驴子那样愚蠢。贝翠为汉克准备了一个马鞍，说她将骑在他背上前行。魔法师同意了，因为这样一来，全队刚好就只剩下四人——多萝茜、闪亮扣、特洛特和他自己乘坐红马车了。

一名有一条木腿的老水手过来送行，并建议他们在红马车里放一些食物和毛毯，因为他们不知道会离开多久。这个水手就是比尔船长。他是特洛特以前的朋友和战友，和小女孩一起经历了许多奇遇。我想他很抱歉这次不能和她一起去，但女巫格琳达让比尔船长留在翡翠城，在其他人都离开的时候负责守卫王宫，这名独腿水手已答应了她。

他们在红马车的后面装满了他们认为可能需要的物资，然后排成一行，从王宫出发，穿过翡翠城，来到了环绕着这个美丽的奥兹国都城的城墙大门。成群结队的市民聚集在街道两旁，欢呼着为他们送行，并祝他们成功，因为所有人都为奥兹玛的失踪感到悲痛，都焦急地盼望能尽快找到她。

走在最前面的是胆小狮，接着是骑在猢麒背上的碎布姑娘，然后是骑着驴子的贝翠·鲍宾，最后是锯木马拉着的红马车，车里坐着魔法师、多萝茜、闪亮扣和特洛特。锯木马不需要人驾驶，所以马上并没有缰绳。你只需要告诉他走哪条路，速度是快或慢，他就完全明白了。

与此同时，一只毛发蓬松的小黑狗一直睡在王宫内多萝茜的房间里，醒来后，他发现自己很孤单，屋里只有他一个了。整座巨大的王宫里的一切似乎都异常寂静。托托——这是小狗的名字——错过了三个女孩惯常的闲聊。他从不注意周围发生的事情，虽然他会说话，但他很少说话。所以小狗不知道奥兹玛失踪之事，也不知道大家都外出去寻找她了。但他喜欢和人在一起，特别是和他自己的主人多萝茜在一起。他打了个哈欠，伸了伸懒腰，发现房间的门虚掩着，便快步跑出房间来到走廊，沿着华丽的大理石楼梯而下，进入宫殿的大厅。在那里，他遇到了吉莉娅·詹姆。

"多萝茜呢？"托托问道。

"她去温基了。"女仆回答。

"什么时候？"

"就在刚才。"吉莉娅回答。

托托转身小跑进入王宫花园，沿着长长的车道跑到翡翠城的街道上。他在街道上停下来倾听，听到欢呼声后，他循声飞快地跑着，直到他看到了红马车、猢麒、胆小狮、驴子和其他众人。托托是一只聪明的小狗，他当即决定不让多萝茜看到自己，以免被遣送回去。于是他一路跟随这一行旅行者，他们都急于赶路，压根没想过回头看。

当他们来到城门时，守门人赶紧出来，将金色的城门推开，让他们通行。

“前天晚上，奥兹玛失踪当晚，有没有陌生人进出过城门？”多萝茜问道。

“没有，真的没有，公主。”城门守卫回答。

“当然没有。”魔法师说，“任何聪明到能偷走我们所有东西的人，至少不会在意这样的城墙障碍。我认为窃贼一定是从空中飞来的，否则他不可能在同一天晚上既来到奥兹玛的王宫，又能去遥远的格琳达的城堡。奥兹国既没有飞艇，外界的飞艇也无法进入这个国家，我相信窃贼一定是通过魔法从一个地方飞到另一个地方。只是格琳达和我都不明白他是如何飞的。”

他们继续前进，趁着他们身后的城门尚未关闭，托托设法混了出来。翡翠城周围的乡村人烟稠密，有一段时间，我们的朋友们走过铺好的道路，穿过土地肥沃、美丽的乡村，这些农舍一色都是古朴的奥兹式风格。几个小时后，他们离开了耕种的土地，进入了温基。温基领地占据了奥兹国土的四分之一，却远不如奥兹仙境的许多其他地方那么有名。早在天黑之前，这队行人已经越过稻草人塔（现在已经空置，无人居住）附近的温基河，进入了人烟稀少的起起伏伏的大草原。他们向遇到的每个人打探奥兹玛的消息，但这里没有人见过她，甚至都不知道她被绑架了。夜幕降临时，他们走过了所有的农舍，不得不停下来请求一个孤独的牧羊人，让他们在他的小屋里借宿。他们停下来时，托托就在他们身后不远处。小狗也停了下来，悄悄地绕过这群行人，躲在小屋后面。

牧羊人是一位和蔼可亲的老人，他热情礼貌地接待这群旅行者。那天晚上，他自己睡在门外，把小屋让给了三个女孩睡，她们把红马车带来的毛毯铺在地板上。魔法师和闪亮扣也睡在门外，胆小狮和驴子汉克也是。斯克丽普丝和锯木马压根不用睡，猢麒只要乐意的话，也可以连续一个月不睡，所以他们三个围坐在一起，聊了一个通宵。

在黑暗中，胆小狮感觉到一个毛茸茸的小东西紧紧依偎在自己身边，他睡眼惺忪地问道：

“你从哪里来的，托托？”

“从家里来，”小狗说，“如果你要翻身了，就翻另一侧，否则你会压扁我的。”

“多萝茜知道你在这里吗？”狮子问。

“我想她不知道。”托托坦白说，他有点焦急地补充道，“狮子朋友，我们现在离翡翠城已经足够远了，你认为我可以冒险出来吗？多萝茜会不会因为没有邀请我而将我遣返回去呢？”

“只有多萝茜能回答这个问题。”狮子说，“就我而言，托托，我认为这件事与我无关，所以你认为怎么做最好就怎么做吧。”

说完狮子又沉沉睡去，托托依偎在他温暖的毛茸茸的身体上，也睡着了。他是一只聪明的小狗，还有更好的事情要做时，他才懒得去操心呢。

早晨，魔法师生了一堆火，女孩们在火上煮了一顿非常美味的早餐。

突然，多萝茜发现托托静静地坐在火炉前，小女孩惊呼道：

“天哪，托托！你从哪里来的？”

“从你狠心地撇下我的地方。”小狗用责备的语气回答说。

“我把你全忘了。”多萝茜承认道，“如果没有忘记，我也会把你留给吉莉娅·詹姆，因为这不是一次愉快的旅行，而是一件棘手的事情。不过，既然现在你来到了这里，托托，我想你必须和我们待在一起。在完成任务之前，我们可能会遇到许多麻烦，托托。

“没关系。”托托摇着尾巴说，“我饿了，多萝茜。”

“早餐马上就好了，你会吃到你的那份的。”他的小主人保证道。她真的很高兴有她的小狗跟她在一起。她和托托以前一起旅行过，知道他是一个忠实的好伙伴。

当食物端上来时，女孩们邀请老牧羊人一起享用，老人欣然同意。在他们用餐时，牧羊人对他们说：

“你们现在即将经过一片非常危险的乡野，除非你们转向北方或南方，才能避开危险。”

“既然如此，”胆小狮连忙说，“那我们赶紧转向吧，我可害怕面临任何

危险。"

"我们前面的这片乡野怎么了?"多萝茜问。

"在这个绵延起伏的大草原那边,"牧羊人解释说,"是旋转山脉,山紧连着山,岭紧接着岭,山岭周围都是深渊,没有人能够越过。在旋转山脉那边,据说住着食蓟人和赫库人。"

"他们什么样子?"多萝茜问道。

"没有人知道,因为没有人翻越过旋转山脉。"他回答说,"但据说食蓟人将龙拴在他们的战车上,而赫库人则征服了巨人族,并将他们变成奴隶侍候自己。

"这些是谁说的?"贝翠问。

"大家都这么传的。"牧羊人说,"大家都相信。"

"我不明白他们是怎么知道的,"小特洛特说,"如果没有人到过那儿的话。"

"也许是飞越那片乡野的鸟儿带回来的消息。"贝翠提醒说。

"即使你们躲过了那些危险,"牧羊人继续说,"在你们来到温基河的下一个支流之前,可能会遇到其他更大的危险。不过,过了这条支流后,那儿有一个美丽的乡野,居住着善良的人,你们就不会再有什么危险了。所有的危险都潜伏在从这儿到温基河的西支流之间那片不为人知的土地上,那里居住着可怕、邪恶得无法无天的人。"

"可能是,也可能不是。"魔法师说,"我们到了那里就知道了。"

"嗯,"牧羊人坚持说,"在像我们这样的仙境中,每一个未被发现的地方都可能隐藏着邪恶的生物。如果他们并不邪恶,他们就会出来生活在我们中间,服从奥兹玛的统治,成为善良和体贴的臣民,就像我们认识的所有奥兹人一样。"

“这个论点让我相信，”魔法师说，“我们有责任直接去那些不为人知的地方，不管那里有多危险。因为劫走我们的奥兹玛的肯定是某个残忍、邪恶的人，我们知道在好人中寻找罪魁祸首是愚蠢的。奥兹玛也许不会隐藏在温基那些僻远的地方，但我们有责任前往有可能囚禁我们可爱的统治者的每一个地方，无论多么危险都要去。”

“你说得对。”闪亮扣赞许地说，“危险是可能发生的事，也可能不会发生，所以有时候它真的没那么可怕。我赞成继续前进，无论如何也要试一试。”

大家意见一致，于是收拾行装，和友善的牧羊人道别，继续赶路。

第七章

旋转的山脉

连绵起伏的大草原并不难穿越，尽管一路上尽是上坡下坡。一段时间后，他们已经走了很长的路，却连一个牧羊人都没看见。越往前走，景色越发荒凉。中午时分，他们停下来享用了贝翠所说的“野餐”，然后他们又重新上路。所有的动物都走得飞快，丝毫不知疲倦，甚至胆小狮和驴子也能跟上猢麒和锯木马的速度。

他们第一次看到那些低矮的群山时，已经是中午了。这些山是圆锥状的，从宽阔的山脚上升到顶部的尖峰。从远处看，群山隐隐约约，看起来相当小——更像是小山而不是山脉。但随着他们越走越近，他们注意到一种非常奇异的景象：山都在旋转，有的朝一个方向，有的朝相反的方向。

“我猜这就是旋转山脉，对吧？”多萝茜说。

“肯定就是。”魔法师说。

“果然，这些山在转动。”特洛特补充道，“但它们似乎并不快乐。”

这些山有好几排，左右延伸，绵延数英里[①]。到底有多少排，谁也说不清，但在第一排山顶之间可以看到其他山顶尖，它们都顺着不同方向旋转着。继续往前走，小伙伴们细心地观察这些山峰，最后走近了才发现，每座山的山脚周围都有一道又深又窄的山沟，由于这些山峰靠得非常近，因此外层的山沟也连绵不绝，隔断人们前进的去路。

来到山沟边，他们都下了车和坐骑，查看山沟到底有多深。如果沟确实有底部的话，很难说出底部在哪里。从他们站立的地方看，这些山峰似乎坐落在地面上的一个巨坑内，它们彼此靠得非常近，但山与山的距离又恰好使它们互不接触，而且每座山的底部由一根岩石柱支撑着，这根石柱一直延伸到下面很黑很深的地坑。从陆地上看，似乎无法越过山沟，即使能越过，也无法在旋转山脉的任何一个山顶上站稳脚跟。

“这条沟太宽了，我跳不过去。”闪亮扣说。

“胆小狮可以做到。”多萝茜提醒道。

“什么，从这里跳到那座旋转的山峰上？”狮子愤怒地叫道，“我根本跳不过去！即使我跳过去，降落在那里，并且能够坚持下去，又有什么用呢？它后面还有另一座旋转山峰，也许它后面还有另一座旋转山峰！我不相信任何活的生物可以从一座山跳向另一个，它们都像陀螺一样在向不同的方向不停旋转。”

“我建议我们回去吧。”锯木马说，他那张削出来的嘴巴打了个哈欠，一对树疖眼睛盯着旋转山脉说。

“我同意你的看法。”猢麒摇着他方方正正的头说。

“我们应该听从牧羊人的建议。”驴子汉克补充道。

队伍中的其他人，他们无论面临多么严峻的困难，都不会让自己绝望。

---

① 英美制长度单位。1 英里约等于 1.6 公里。

“我们一旦翻过这道山脉，”闪亮扣说，“就可能会顺利前行。”

“的确如此。”多萝茜同意道，“所以我们必须想办法越过这道旋转山脉。但是怎么做呢？”

“我希望奥克能和我们在一起。”特洛特叹了口气。

“但是奥克不在这里。”魔法师说，“我们必须依靠自己来克服这个困难。不幸的是，我所有的魔法工具都被偷走了，否则我相信我能轻松翻过这道山脉。”

“不幸的是，”猢麒说，“我们都没有翅膀。我们身处一个魔法的国度，却没有任何魔法。”

“你腰上系的是什么，多萝茜？”小魔法师问道。

“哪个？哦，那是我曾经从矮子精国王手中赢得的魔法腰带。”她回答。

“一条魔法腰带！那很好，我相信这一条魔法腰带会助你翻越这道山脉。”

“如果我知道怎么使用它，它也许能帮助我。”小姑娘说，“奥兹玛知道它有很多魔法，但我从来不会使用。我所知道的是，当我戴着它时，没有什么能伤害我。”

“你试着让它帮助你过去，看看它是否会服从你的命令。”魔法师提议说。

“可是那有什么用处呢？”多萝茜问，“即使我过去了，你们其他人也过不去，我也不能独自走到那些巨人和龙之中。”

“的确如此。”魔法师悲哀地同意道。然后，他环顾了一圈后，问道：“特洛特，你手指上的那个是什么？”

“一枚戒指。美人鱼给了我，”她解释说，“如果我在水上遇到麻烦，我可以呼唤美人鱼，她们会过来帮助我。但美人鱼在陆地上帮不了我，你知道，她们只会游泳，而且——而且——她们没有腿。”

“确实如此。”魔法师重复道，显得更加悲伤。

靠近沟边有一棵大树，树冠十分宽阔，此时烈日当空，晒得大家都聚集在树荫下，研究下一步该怎么做。

“如果我们有一根长绳就好了。”贝翠说，“我们可以把它系在这棵树上，让绳子的另一端垂入深沟中，然后大家顺绳滑下。”

“嗯，然后呢？”魔法师问道。

“然后，如果我们能设法把绳子扔到另一边，”女孩解释说，“我们就可以顺着绳子爬上去，到达深沟的另一边。”

“你的建议里的‘如果’太多了。”魔法师说，“而且你必须记住，另一边只有旋转山脉，没有别的，所以我们不可能将绳索固定在它们身上——即使我们有绳索。”

“不过，这个用绳子的主意很不错。”碎布姑娘说，她一直在沟边跳舞。

“你是什么意思？”多萝茜问。

碎布姑娘突然站住了，用纽扣眼睛环视着众人。

“哈，我有办法了！”她叫道，“请解开锯木马的马具，我的手指太笨拙了。”

“行吗？”闪亮扣转向其他人，疑惑地问。

“好吧，尽管斯克丽普丝的脑袋塞满了棉花，可她依旧聪明过人。”魔法师肯定地说，“如果她的大脑可以帮助我们摆脱眼前的麻烦，我们应该相信她。”

于是他动手拆卸锯木马的马具，闪亮扣和多萝茜在一旁帮忙。当他们取下马具后，碎布姑娘叫他们把它全部拆开，将带子首尾扣在一起。接好后，他们得到一根很长的皮带，比任何绳索都要结实。

“把它扔进沟底倒也不难。”狮子说，他和其他动物一起蹲坐着，看着这个过程，“但我不明白它怎么能固定在那些令人头晕目眩的山脉的任何一座山上。”

碎布姑娘松松垮垮的脑袋里压根没想那么复杂的问题。她让他们把带子的一端系在一根粗壮的树枝上。闪亮扣照做了，他爬上树，然后爬到树枝上，直到快到沟正上方才停下。他设法系好皮带，带子一直垂到下面的地面上，才顺着皮带滑下来。魔法师怕他会掉进深渊，一把接住了他。

碎布姑娘很高兴。她抓住皮带的下端，告诉大家闪开道，别挡着她，随后不断后退，直到手中的皮带退到另一端的端头，然后突然向深沟奔跑过去。她紧紧抓住皮带，身体迅速荡过深沟，一直荡到皮带所允许的长度，然后她松开手，身体优雅地在空中滑行，直到她降落在他们面前的那座山上。

几乎在一瞬间，巨大的圆锥山体快速旋转，碎布姑娘被打飞到了后方的一座山上，而那座山只转了一半，碎布姑娘就又被撞飞到了后面的下一座山上。这时，碎布姑娘完全从大家的视野中消失了，树下那些目睹这一切的人个个呆若木鸡，不知道她到底去哪儿了。

“她走了，再也回不来了。”猢麒说。

“天哪，她是怎么从一座山跳到另一座山的？”狮子叫道。

“那是因为那些山旋转得太快了。”魔法师解释道，“碎布姑娘没有什么可以抓住的，所以她当然是从一座小山被扔到另一座山上。恐怕我们再也见不到那个可怜的碎布姑娘了。”

“我会见到她的。”猢麒郑重其事地说，“碎布姑娘是我的老朋友，如果那些顶峰的另一边真的有食蓟者和巨人，她需要有人保护她。所以，我这就过去！”

他用方嘴牢牢咬住悬垂的皮带，就像碎布姑娘刚才在沟边做的那样，助跑、跃起，荡过了深沟。他适时松开皮带，落在了第一排旋转山上。然后他蹬上后面的第二排的一座山，再然后他冲向另一座山，就像碎布姑娘一样从大伙的视野中消失。

“这办法似乎挺不错。好吧，”闪亮扣说，“我该我试试了。”

“等一下。”魔法师连忙说，“在我们采用这种孤注一掷的方法跳过去之前，我们必须决定是大家都该过去，还是该留下几个。”

“你觉得撞到那些山上会很痛吗？”特洛特问道。

“我认为没有东西会伤害碎布姑娘或猢麒。”多萝茜说，“也没有什么能伤害我，因为我戴着魔法腰带。我急于找到奥兹玛，我也打算荡过去。”

“我会抓住机会的。”闪亮扣下定决心说。

“我敢肯定，这样做会很痛，我不敢。”已经在瑟瑟发抖的狮子说，“但如果多萝茜愿意，我就敢去。”

“好吧，那就是贝翠、驴子和特洛特留下吧。”魔法师说，“因为毫无疑问，我会去照顾多萝茜。你们两个女孩能找到回家的路吗？”他问特洛特和贝翠。

“我不太害怕。”特洛特说，“这看起来很冒险，但如果其他人行，我相信我也能行的。”

“要不是为了汉克……”贝翠开始犹豫不决。但是驴子打断了她说：“去吧，如果你愿意，我会追上你的。驴子随时都像狮子一样勇敢。”

“勇敢点儿。”狮子说，“因为我是个懦夫，汉克朋友，而你不是。但是锯木马当然——”

“哦，没有什么能伤害我。”锯木马平静地说，“我要过去，这点请不要有任何疑问。不过，我无法拉着红马车过去。”

“是的，我们必须留下马车。”魔法师说，“而且我们必须留下我们的食物和毛毯。但如果我们能够战胜挡住我们前进的旋转山脉，我们应该不会介意牺牲一些生活用品。”

“没有人知道我们将降落在哪里！”狮子说，声音听起来好像要哭了。

“也许我们可能根本无法着陆。”汉克回答，“但想要知道我们会发生什么，最好的办法就是像碎布姑娘和猢麒那样先荡过去。”

“我想我该最后一个过去。”魔法师说，“那谁想先走呢？”

“我去。”多萝茜下定决心。

“不，先轮到我了。”闪亮扣说，“看着我！”

说着，他就抓住了皮带，跑了过去，荡过了深沟。他松开皮带，从一座山蹦到另一座，直到完全消失。大家全神贯注地听着，没听到闪亮扣的叫声。过了一段时间后，他们才听到一声微弱的“喂——啊！”仿佛从很远的地方传来的。

然而，这微弱的声音给了大家足够的勇气，多萝茜抱起托托，一只胳膊紧紧地搂住，另一只手抓住皮带，勇敢地跟在闪亮扣后面荡了过去。

当多萝茜撞到第一座旋转的山峰时，她轻轻地落在了山上，但她还没来得及思考，就被抛到了空中，旋转着落在下一座山的一侧。接着，她又飞又落，又落又飞，一次又一次，直到连续五次起落之后，她才旋转着落在一片绿草地上。由于连续随着山脉旋转，她已晕头转向，因此她静静地躺在草地上，努力整理思绪。托托则在她跌倒的时候，迅速从她的怀里逃了出来，他现在坐在她身边，兴奋得气喘吁吁。

接着多萝茜意识到有人在帮她站起来，她的一侧是闪亮扣，另一侧是碎布姑娘，两人似乎都没有受伤。她下一个看到的是猢麒，他蹲坐着，若有所思地看着她。而托托发现他的小主人在经历旋转之旅后丝毫没有受伤，高兴地吠叫着。

“太好了！”狮麒说，“又来一位，还有小狗，两个都安然无恙。我保证，多萝茜，你飞得很不错！如果你能看到自己的飞行，你准会大吃一惊的。”

“大家都说‘时光飞逝’，”闪亮扣笑道，“但时间从来没有快过这次旋转旅程。”

就在这时，多萝茜转身望向旋转的群山，正好看到小特洛特从最近的小山上飞了过来，落在离她站立的地方不到一米远的柔软草地上。特洛特头晕目眩，起初她无法站立，但她并没有受伤。很快贝翠就飞了下来，如果他们不及时避开，她可能会一头撞到他们中的一位。

紧接着，狮子、汉克和锯木马接连从一座山蹦到另一座山，安全地落到了绿草地上。现在只剩下魔法师了，他们等他等了很久，多萝茜开始担心了。但突然间，他从最近的一座山上飞了过来，头朝下翻滚着落到他们旁边。大家发现他为了避免撞伤，在身上紧紧裹着两条毛毯，用锯木马马具上剥下的一段绳子扎住。

第八章

幻象之城

他们围坐在草地上，由于刚才头晕目眩的飞行，脑袋多少还有些迷糊。大家面面相觑，不过很快，在确定没有人受伤后，他们变得镇定自若。狮子松了口气，颇感欣慰地说："谁能想到那些旋转山是用橡皮做的！"

"它们真的是橡皮的吗？"特洛特问道。

"肯定是的。"狮子回答说，"否则我们就不会如此迅速地从一个地方弹到另一个地方，而且毫发无伤。"

"这全是猜测。"魔法师解开身上的绳子，"因为我们没有人在山上停留足够长的时间来确认它们是由什么构成的。我们在哪里？"

"这些都是猜测。"碎布姑娘说，

“牧羊人说食蓟人住在山这边，接下来我们应该会遇到巨人。”

“哦，不对，”多萝茜说，“应该是赫库人，他们将巨人变成奴隶，而食蓟人将龙拴在他们的战车上。”

“他们怎么做到的？”猢麒问道，“龙的尾巴很长，会卷进车轮，妨碍车轮前行的。”

“而且，如果赫库人真的征服了巨人，”特洛特说，“那么他们的体型至少应该是巨人的两倍。赫库人可能是世界上最高大的人！”

“也许他们是吧。”魔法师用深思熟虑的语气赞同道，“也许牧羊人压根不清楚他说的那些事情。我们继续向西走吧，亲眼看看这处乡野的人民是什么样的。”

这似乎是一处令人愉快的乡野，当他们将视线从旋转山脉上移到它身上时，一切都是那么宁静、祥和。茂密的草丛中点缀着五颜六色的花朵，翠绿的乔木和灌木随处可见。大约一英里外有一座低矮的小山，遮挡住了他们的视线，让他们无法一睹山那边的田野。他们明白，只有翻越这座小山，才能看到更广阔的乡野。

红马车被留在了后面，现在需要重新安排出行方式了。狮子告诉多萝茜她可以骑在他的背上，就像她以前经常做的那样。猢麒说他可以轻松地背着特洛特和碎布姑娘。贝翠还骑她的驴子汉克。闪亮扣和魔法师可以一起坐在锯木马又长又瘦的背上，但他们在出发前，小心翼翼地在座位上铺了几张毛毯，坐起来舒服多了。就这样，他们各自跨上坐骑，向小山走去，没一会儿就到了。

登上山顶，举目远眺时，他们发现不远处有一座围着城墙的城市，塔楼和塔尖上飘扬着艳丽的旗帜。这座城并不大，但城墙又高又厚，看来住在里面的人一定是害怕强大的敌人来袭，否则他们不会用如此坚固的屏障将他们的住处包围起来。

从山上到城里没有路，这证明了人们很少或从不曾去过旋转山脉。我们的朋友们发现这儿青草很柔软，踏上去十分舒适，而那座城就在前方，他们不用担心会迷路。当他们渐渐走近城墙时，微风将城里的音乐声传到

他们的耳朵里——起初很微弱，但随着他们前进，声音越来越大。

“那儿似乎不像是一个非常可怕的地方。”多萝茜说。

“嗯，看起来的确不错，”特洛特坐在猢麒背上回答说，“但外表并不总是可信的。”

“我的外表就可信。”碎布姑娘说，“我看起来全是碎布，而我的确是由碎布拼凑而成，除了盲人和猫头鹰，没有人会怀疑我不是个碎布姑娘。”说着，她翻了个跟头，从猢麒身上跳下，刚落在地上，接着又开始疯狂地跳起舞来。

“猫头鹰总是看不到吗？”特洛特问道。

“在白天总是。”闪亮扣说，“但是碎布姑娘的纽扣眼睛无论白天还是黑夜都能看见，这不是很奇怪吗？”

“纽扣都能看见东西，真的太神奇了。”特洛特回答说，“但是——天哪！这座城市怎么啦？”

“我正要问呢，”多萝茜说，“它消失了！”

动物们突然停了下来，因为这座城市真的消失了——城墙和所有东西都消失了。呈现在他们面前是一片清晰、连绵不断的乡村。

“天哪！”魔法师惊呼道，“这也太扫兴了。快到一个地方了，居然发现它不在那里，这是多么恼人的事。”

“那它又会在哪里？”多萝茜问，“一分钟前它肯定就在那里。”

“我还能听到音乐声呢。”闪亮扣宣称。当他们全都侧耳倾听时，可以清楚地听到音乐的旋律。

“哦！那儿是城市——就在左边。”碎布姑娘叫道。他们的目光一齐转向左边，看到了远处的城墙、塔楼和飘扬的旗帜。

“我们一定是迷路了。”多萝茜说道。

“胡说八道。”狮子说，“自从我和所有其他动物第一次看到这座城市后，就径直奔向了它。”

“那怎么会这样呢——”

“没关系。”魔法师打断道，“我们离它并没有比以前更远。它只是换了个方向而已。我们快点赶到那里，免得它再次逃离我们的视线。”

就这样，他们继续前行，直奔那座似乎只有几英里远的城市。但是，当他们走了不到一英里时，它又突然消失了。大家再次停了下来，多少有些沮丧，但片刻之后，碎布姑娘的纽扣眼睛再次发现了这座城市，只是这一次它出现在他们身后，也就是他们来的方向。

“天哪！”多萝茜叫道，“那座城市肯定有问题。你看它是不是装有轮子，魔法师？”

“它可能根本不是一座城市。”魔法师，用若有所思的目光凝视着这座城市。

“那会是什么？”

“只是幻觉。”

“幻觉是什么？”特洛特问道。

“你认为你看到和没有看到的东西。”

“我不敢相信。”闪亮扣说，“如果我们只看到它，我们可能会弄错，但如果我们同时能看到和听到它，它一定在那里。”

“在哪里？”碎布姑娘问道。

“在我们附近的某个地方。”他肯定地说。

“我想我们得往回走了。”猢麒叹了口气说。

于是他们转身朝着城墙而去，直到它再次消失，重新出现在他们的右边。尽管这座城在不停变换着方位，尽管他们不断地转身向它走去，但不管怎样，他们离城越来越近了。不一会儿，领头的狮子猛地停下来，叫道：“哎哟！”

“怎么了？”多萝茜问。

“哎哟——哎哟！”狮子重复了一遍，然后突然向后跳去，多萝茜差点儿从他的背上摔下来。与此同时，驴子汉克也跟着喊道：“哎哟！”声音和狮子一样响亮，他也向后跳了几步。

“是蓟，”贝翠说，“刺痛了他们的腿。”

听了贝翠的话后，大家都往下看，果然地上长满了蓟丛，密密麻麻、层层叠叠填满从他们脚下一直延伸到神秘之城的城墙，覆盖整个乡野。在蓟丛中根本看不到任何可以通行的路径，柔软的草地到这里结束，往前都是蓟丛。

“这是我碰到过的刺最尖的蓟草。”狮子抱怨道，“尽管我反应快，及时跳开，但我的腿还是被刺伤了。”

“这是一个新的困难。”魔法师用悲伤的语气说道，“这座城市已经停止了四处兜着圈子，这固然不错，但是我们要如何才能越过这片有刺的蓟丛呢？”

“这些刺伤不着我。”厚脸皮的猢麒说，他无畏地前进，在蓟丛中践踏。

“也伤不着我。”锯木马说。

“但是狮子和驴子受不了这些刺，”多萝茜说，“我们不能把他们丢在这儿。”

“我们都必须回去吗？”特洛特问道。

“当然不！”闪亮扣轻蔑地回答，“凡是麻烦，总有解决的办法，就看你能否找到它。”

“稻草人在这里就好了。”碎布姑娘头靠在猢麒的方背上，“他出色的大脑很快就会告诉我们如何征服这片蓟丛。”

“你的脑袋没出毛病吧？”男孩问。

“没有毛病。”她边说边一个后空翻，翻进蓟丛，并在里面跳起舞来，丝毫没有感觉到尖刺，“如果我愿意的话，我可以在半分钟内告诉你们怎么走过这片蓟丛。”

“快告诉我们，碎布姑娘！”多萝茜恳求道。

“我不想因为过度劳累而使我的大脑筋疲力尽。”碎布姑娘回答道。

“你不爱奥兹玛吗？你不想找到她吗？”贝翠责备地问。

“爱啊，我当然想尽快找到她。”碎布姑娘边说边像杂技演员在马戏团里那样用双手在地上走路。

“除非我们越过这片蓟丛，否则我们就无法继续寻找奥兹玛。”多萝茜指着蓟丛说。

碎布姑娘没有做任何回应，只是围着他们跳了两三圈舞，然后她说：“别看我，你们这些傻瓜，看看那些毯子吧。”

魔法师顿时笑容满面。

“没错！”他叫道，“为什么我们以前没有想到那些毯子？”

“因为你没有魔法大脑。”碎布姑娘笑道，“你们这些大脑，都是在你们脑袋里长出来的，太普通了，就像花园里的杂草一样。我真替你们这些必须出生才能活着的人感到难过。”

但是魔法师没有继续听她说话。他迅速从锯木马背上取下毛毯，将其中一张铺在紧挨着草地的蓟草上。厚厚的毛毯使那些蓟刺再也无法伤害大家，魔法师顺利走过第一条毛毯，将第二条毯子朝着幻影之城的方向接铺过去。

“这些毛毯，”他说，“是让狮子和驴子行走的。锯木马和猢麒可以在蓟丛上行走。”

于是狮子和驴子走过第一条毯子，站在第二条毯子上，直到魔法师捡起他们经过的毯子，铺在他们面前，然后他们走到那毯子前，等着他们身后的毯子又被铺在面前。

“这是项慢活儿。”魔法师说，“但过一会儿，我们就能到达那座城了。”

“那座城离我们还有半英里远。”闪亮扣说。

“这对魔法师来说是一项非常艰苦的工作。”特洛特补充道。

“为什么狮子不能骑在猢麒的背上？”多萝茜问，“他有一个又大又平的背，而且猢麒非常强壮，也许狮子不会掉下来。”

“如果你愿意，你可以试试。”猢麒对狮子说，“我一会儿就能带你去城里，然后再回来接汉克。”

“我——我害怕。”胆小狮说。他的身体足足有狮麒的两倍大。

“试试吧。”多萝茜恳求道。

“要是摔在蓟丛中里怎么办？”狮子责备地问。但是，当狮麒靠近他时，这头大野兽突然跳到他的背上，并设法使自己站稳，尽管他被迫将四条腿紧紧地抱在一起，以防摔下去。巨狮沉重的身体似乎一点儿也没有影响到狮麒，他冲骑手喊道：“抓紧了！”就飞快地越过蓟丛向城里跑去。

其他人则站在毯子上，焦急地看着这诡异的景象。狮子当然无法“抓紧”，因为没有什么可抓的，他左右摇晃着，好像随时会掉下去。尽管如此，他还是成功地贴在狮麒的背上，直到他们紧挨着城墙时，他才跳到了地上。接着，狮麒全速冲了回去。

“城墙边有一小块没有蓟丛的空地。”当他再次到达这些冒险者身边时，告诉他们，“现在，汉克朋友，该你了，看看你能不能像狮子那样出色。”

“你先运送其他人吧。”驴子提议道。于是锯木马和狮麒经过两个来回，将所有人安全地送到了城墙边。然后，这群旅行者在墙外的一个小山丘上围在一起，凝视着城墙那一排排巨大的灰色石块，耐心等待狮麒把驴子汉克带过来。驴子的模样狼狈不堪，他的四条腿一直抖个不停，以至于大家多次担心他会摔下来。所幸虚惊一场，他平安到达了，搜寻队成员又团聚在了一起。

“城门一定在另一边，”魔法师说，“让我们沿着墙壁走吧，直到找到入口。”

“往哪儿走呢？”多萝茜问。

“我们只能猜测了，”他回答说，“向左走吧？反正往左往右都一个样。”

他们列队前行，沿着城墙向左走去。这座城并不大，但在高墙外绕着它走一圈也挺远的，他们渐渐地感觉到了这一点。诡异的是，我们的冒险者绕着城墙走了好久，始终没有发现任何城门或入口。当他们回到出发的那个小土丘上时，全从坐骑上下来，重新坐在青草坡上。

“这也太奇怪，不是吗？”闪亮扣问道。

“一定有某种办法进出城。”多萝茜首先开口，“你认为他们是否会用飞行器，魔法师？”

“不会。”他回答，“因为那样的话，他们会飞遍整个奥兹国，可我们知道他们没有到过全国。这儿的人压根不知道飞行器。我认为人们更可能使用梯子来翻过城墙。”

“要爬过那堵高高的石墙可不是件容易的事。”贝翠说。

“石头，是吗？”碎布姑娘叫道，她又在周围疯狂地跳舞，因为她从不疲倦，也永远不可能长时间静止不动。

“当然是石头。”贝翠轻蔑地回答，“你看不见吗？”

“看见了。”碎布姑娘说，走近了些，“我能看到那堵墙，但我摸不到它。”

然后，她张开双臂，做了一件非常奇怪的事情：她径直走进城墙里消失了。

“天哪！”多萝茜吃惊地叫道，大家也都感到十分惊讶。

第九章

尊贵的人

正在大家疑惑之际，碎布姑娘又从墙里跳了出来。

“快来吧！”她叫道，“这儿没有城墙，城墙根本就不存在。”

“什么！没有墙？”魔法师惊呼道。

“完全没有城墙。”碎布姑娘说，“一切都是幻象。你可以看到，但绝非真实。快进城吧，我们一直在浪费时间。”

说着她又跳进了墙里，又一次消失了。颇有冒险精神的闪亮扣紧跟在她身后冲了进去，也很快在他们面前消失。其他人小心翼翼地跟在后面，试图伸手触摸墙壁，却惊讶地发现，他们什么都摸不到，因为他们面前没有任何东西。他们继续往前走了几步，发现置身于一座非常美丽的城市的大街上。在他们身后，他们再次看到了那堵城墙，一如既往的难以翻越和令人生畏，不过现在他们知道这只是一种幻觉，用来阻挡陌生人进城。

他们很快就不关注那堵墙了，因为在他们面前出现了一群稀奇古怪的人，这群人惊讶地打量着他们，好像都无比困惑：这些人是从哪里来的？我们的朋友一时间忘记了他们应有的礼貌，而是饶有兴趣地用好奇的目光回敬那群人，要知道，在奥兹仙境的土地上还从未见过如此奇异的人。

他们个个长着菱形脑袋，心形身体。他们只有一小撮头发，只长在菱形脑袋的尖顶上。他们的眼睛又大又圆，而鼻子和嘴巴却很小。他们身着紧身服，服装色彩艳丽，用金线或银线绣着各种稀奇古怪的图案。他们脚穿着凉鞋，根本没有穿袜子。他们脸上的表情十分欢快，尽管他们现在对这些与自己完全不同的陌生人的出现感到惊讶，但我们的朋友认为他们看起来很友善。

“请原谅。”魔法师代表这群冒险者说，“我们不请自来冒昧闯入你们的家园了，但我们因为有重要的使命到处旅行，觉得有必要拜访贵城。有劳你们告诉我们，你们的城市怎么称呼？”

他们颇为疑惑地面面相觑，每个人都期待着别人站出来回答。最后，一个个子矮小、体形宽胖的人回答道：“我们没有必要称我们的城市什么名字，这是我们生活的地方，仅此而已。”

“但是别人怎么称呼你们的城市呢？”魔法师问道。

“除了你们，我们不知道其他人。”那人说，随后他又问道，“你们是天生就这副奇怪模样，还是有残暴的巫师把你们变成这样的？”

“哦，我们生来如此。”魔法师说，“我们也认为我们的模样挺好的。”

当地居民不断聚集过来，越聚越多。显然，他们对陌生人的到来都感到震惊和不安。

“你们有国王吗？”多萝茜问，她知道最好和当权者交谈。但那人却摇了摇头。

“什么是国王？”他问。

“没有人领导你们吗？”魔法师问道。

“没有。”他回答，“我们每个人都自己管理自己，或者说，至少尝试这样做。这可能不是一件容易的事。”

魔法师若有所思。

“如果你们之间发生了争执，”魔法师想了一会儿说，“谁来解决？”

“尊贵的科科－洛拉姆。”他们齐声回答。

“他是谁？”

“执法的法官吧。”最先开口的那人说道。

“那他就是这里最主要的人物？”魔法师继续问道。

“也许是吧，我可不愿这么说。”那人极不情愿地回答道，“尊贵的科科－洛拉姆是一名公仆。然而，他代表着法律，我们都必须遵守。”

“我认为，”魔法师说，“我们应该去拜访一下你们尊贵的科科－洛拉姆，并和他谈谈。我们需要请教权威人士，而科科－洛拉姆应该是当地最有威望的人物，不管他是谁，在做什么。”

当地居民们认为这个提议似乎挺合理，因此他们都点着菱形脑袋表示赞同。于是，原先那个身宽体阔的人说：“跟我来。”然后他转身在前面领路，沿着一条街道走去。

一行人跟着他，当地人落在后面。他们经过的住宅设计得非常漂亮，看起来舒适、优雅。走过几个街区后，那个向导在一所房子前停了下来，这所房子并不比其他房子好，当然也不差。门口的形状显然是为了方便这些奇形怪状的人出入，上面窄，中间宽，下部逐渐变细。窗户的制作方式大致相同，使房子看起来很奇特。当他们的向导叩门时，隐藏在门柱中的八音盒开始演奏，声音引起了尊贵的科科－洛拉姆的注意，他出现在一扇打开的窗户前，询问道：“出什么事了吗？”

与此同时，他的目光一下子落在了那群陌生人身上，他赶紧打开门，请他们进来——除了动物们，他们和一大群聚集起来的当地人被留在了外面。对于一个小城市来说，这里居民的数量并不多，但他们并不想进入房子，只是好奇地看着那些奇怪的动物。托托跟着多萝茜走了进去。

我们的朋友走进一个大房间，尊贵的科科－洛拉姆请他们入座。

“我希望你们来这里的目的是和平的。”他看起来有点担心，“食蓟人虽说不是出色的战士，但谁也别想轻易征服我们。”

“你们这儿的人都是食蓟人吗？”多萝茜问。

“是啊。我以为你们知道这地方。我们称我们的城市为蓟城。”

“哦！”

“我们是食蓟人，因为我们吃蓟草，你们知道的。”尊贵的科科－洛拉姆继续说道。

“你们真的会吃那些带刺的东西吗？”闪亮扣疑惑地问道。

“为什么不呢？”这位食蓟人回答，“蓟草的尖刺丝毫不能伤害我们，因为我们所有的内脏都是衬金的。”

“衬金！”

“是的。我们的喉咙和胃里衬着纯金，我们发现蓟草很有营养，很好吃。事实上，我们国家没有食物适合食用。蓟城的四周生长着无数的蓟，我们只需要去采摘就行了。如果我们还想吃点别的食物，就得自己去种植、栽培、收割，这会给我们带来很多麻烦事，我们必须不停地干活，而我们都讨厌干活儿。”

“但是，请告诉我，”魔法师说，“你们的城市怎么会从田野的这个地方一下子跳到另一个地方呢？”

“城市不会跳跃，它根本没有动。”尊贵的科科－洛拉姆声称，“然而，我必须承认，城市周围的土地有一种能转弯的特性。因此，如果一个人面朝北站在平原上，他很可能会突然发现自己面朝西或东了。但一旦你穿过蓟丛，就站在坚实的土地上了。”

“啊，我明白了。”魔法师点着头说，“但我还有一个问题要请教：食蓟人怎么会没有国王来统治他们呢？”

“嘘！”尊贵的科科－洛拉姆不安地环顾四周，确保没有他人听见，“事实上，我就是国王，但是这儿的老百姓不知道罢了。他们以为自己能统治好自己，但事实是，凡事都按我制定的方式来执行。其他人对我们的法律一无所知，我就随自己意愿制定法律。如果有人反对我，或者质疑我的行为，我告诉他们这是法律规定的，这样就解决了。然而，如果我称自己为国王，戴上王冠，待在王宫里，老百姓就不会喜欢我了，可能还会伤害我。作为蓟城尊贵的科科－洛拉姆，我被认为是一个非常和蔼可亲的人，人们也认为我很称职。”

“看起来这是一个非常聪明的安排。”魔法师说，“既然你是蓟城的执政者，那请求您告诉我们，奥兹玛公主是否被你们俘虏了。”

“没有。”这个菱形脑袋的人说，“我们没有俘虏她。除了你们几位，这里没来过陌生人，我们以前从未听说过奥兹玛公主。”

“她统治着奥兹国全境，”多萝茜说，“所以她统治着你和你的城市，你在温基领地，它是奥兹国的一部分。”

“可能是，”尊贵的科科－洛拉姆回答说，“我们从未研究过地理，也从未打听过我们是否生活在奥兹国。任何从远方统治我们的统治者，对我们来说都是陌生的，我们欢迎他到此任职。不过，你们的奥兹玛公主怎么啦？”

“有人偷偷把她劫走了。”魔法师说，“你身边有没有魔法十分高超的魔法师？”

“没有。当然，我们也会使用一些魔法，但这些都很普通。我认为我们中的任何人都还没有想过通过魔法或其他方式劫持统治者。”

“那我们白白走了这么远的路了！”特洛特遗憾地叫道。

“可能我们还要走得更远。”碎布姑娘坚定地说道，她将身体向后弯曲，直到她的绒线头发接触到地板，然后她脚朝天，用手在地上走来走去。

科科－洛拉姆钦佩地看着碎布姑娘。

“当然，你可以走得更远，”他说，“但我劝你们别去。赫库人住在我们后面，在蓟草和旋转山脉的那边。我提醒你们，他们可不是什么善类。”

“他们是巨人吗？”贝翠问。

“他们比那更糟。”科科－洛拉姆回答说，“他们逼迫巨人成为奴隶，可想而知，他们比巨人强大得多，可怜的奴隶丝毫不敢反抗，生怕被撕成碎片。”

“你怎么知道的？”碎布姑娘问。

“大家都这么说。”科科－洛拉姆回答。

“你亲眼见过赫库人吗？”多萝茜问。

“没有，不过大家说的一定是真的。不然的话，他们说出来又有什么用呢？”

“我们来之前，就听说你们把龙拴在双轮车上。”小姑娘说。

“的确如此。”科科－洛拉姆说，“你的话提醒了我，你们是我的客人，我应该好好款待你们，带你们参观我们壮丽的蓟城。”

他按下一个按钮，一支乐队开始演奏。至少，他们听到乐队演奏的音乐，但不知道音乐声来自哪里。

“这支乐曲就是命令我的车夫把我的龙车赶过来。”科科－洛拉姆说，“每次我下达命令，都是用音乐发出的，比起用冷酷、严厉的话语吩咐仆人，这种方式看起来令人愉快多了。”

“你的那条龙会咬人吗？”闪亮扣问道。

“天哪，当然不会！你们认为我会用一条咬人的龙来拉我的车，从而危及我无辜人民的生命安全吗？我可以自豪地说，我的龙绝不会伤人——除非它的操纵器坏了——它可是蓟城最有名的造龙厂制造出来的。哦，它来了，你们自己亲自检查一下。”

他们听到一阵低沉的隆隆声和一声尖锐的吱吱声，走到屋外，看到拐角处有一辆华丽的镶满宝石的龙拉车，龙的头左右移动，眼睛就像汽车的前灯一样闪烁着，缓缓朝他们驶来，不时发出一声咆哮。

当它停在科科－洛拉姆的房子前时，托托对着这头庞大的野兽尖声吠叫，但即使是小特洛特也能看出这是条没有生命的龙。它的鳞片是金子做的，每片上面都镶嵌着闪闪发光的宝石。而它走路的姿势却是那么僵硬而机械，简直就是一台机器。跟在后面的那辆战车，也是金子和珠宝做成的。他们上车后，才发现车上没有座位。车子前行时，每个人都必须

站着。

车夫是个小个子菱形脑袋的人，他骑在龙的脖子上，操控着手杆让龙车前行。

“这是一项了不起的发明。”尊贵的科科－洛拉姆夸耀地说，“我们都为我们的自动龙车感到自豪，这儿许多有钱人都使用这种龙。出发吧，车夫！”

车子没有动。

“你忘了用音乐下命令了。”多萝茜提醒说。

“啊，对了。”他按下一个按钮，龙头里的八音盒开始播放乐曲。车夫立即拉动一根手杆，龙车开始移动——非常缓慢。龙拉着后面笨拙的车子前行，并发出阴沉的呻吟。托托在车轮之间东奔西跑。锯木马、驴子、胆小狮和猢麒紧随其后，毫不费力地跟上了机器龙。事实是，他们必须放慢速度，才能避免撞上车子。车子转弯时，隐藏在车子下方某处的另一只八音盒响起，开始播放欢快的进行曲，乐曲的节奏与这辆简直如龟速行驶的奇怪车辆形成鲜明对比。闪亮扣断定，他们第一次看到这座城市时，听到的就是这种音乐，原来这是一辆车在街上吃力地挪移时发出的。

来自翡翠城的所有旅人都觉得，坐这种车观光是他们经历过的最无趣、最沉闷的旅行，但是尊贵的科科－洛拉姆却自以为很隆重、很气派。他像向导那样，不停地指着沿街的建筑物、公园和喷泉向他们介绍，作为客人，他们不得不忍受这种折磨。当他们的主人告诉他们，他将在市政厅设宴款待他们时，他们就有些担心了。

“我们要吃什么？”闪亮扣怀疑地问道。

“蓟。”科科－洛拉姆回答说，“美味、新鲜的蓟，都是当天采摘的。”

碎布姑娘笑了，因为她什么都不用吃。

但多萝茜用抗议的声音说：“你知道，我们的内脏可没有衬金。”

“这太遗憾了！”尊贵的科科－洛拉姆惊呼道，他沉思了一会儿后说，“如果你愿意，我们可以把蓟煮熟。”

“恐怕就是煮熟，它们也不好吃。”小特洛特说，“你们没有别的食物吗？”

尊贵的科科－洛拉姆摇了摇头。

“据我所知没有。”他说，“可是我们的蓟如此丰富，干吗还要吃别的食物呢？不过，如果你们不能吃我们的食物，也可以不吃，我们不会生气的，宴会也一样欢快、热闹。”

魔法师知道他的同伴都饿了，便说：“请原谅我们不去参加宴会，先生，没有我们，宴会也一样能快乐地举办。既然奥兹玛不在您的城里，我们必须立即离开这里，到别处去寻找她。”

“是啊，我们必须走了！”多萝茜同意了，她对贝翠和特洛特耳语道，“我宁愿在别处，也不愿待在这个城市里挨饿，而且——谁知道呢？也许我们可能会遇到一个吃普通食物的人，会给我们一些吃的。”

因此，乘龙车观光结束后，尽管尊贵的科科－洛拉姆强烈反对，他们仍坚持要走，继续踏上他们的旅程。

“天很快就黑了。”科科－洛拉姆反对道。

“我们不介意黑暗。”魔法师回答。

“那些游荡的赫库人可能会抓住你们的。”

“你认为赫库人会伤害我们吗？”多萝茜问。

“我不能保证，我很遗憾不能荣幸认识他们。但据说他们非常强大，如果他们有其他地方可以站立，他们可以举起世界。”

“他们都站在一起吗？”闪亮扣疑惑地问道。

“他们中的任何一个都可以做到。”科科－洛拉姆说。

“你听说过他们中有魔法师吗？”魔法师问道，他知道只有魔法师能劫持奥兹玛。

“我听说那是一个非常神奇的国家，”科科－洛拉姆说，“而魔法通常是由魔法师施展的。但我从未听说他们有任何发明或魔法可以与我们美妙的自动龙车相媲美。”

伙伴们感谢他的热情款待，然后骑上各自的坐骑，来到城市的另一边，穿过幻象城墙，进入城外开阔的乡野。

“我很高兴我们如此轻松地逃脱了，”贝翠说，“我不喜欢那些形状古怪的人。”

“我也不喜欢。”多萝茜同意道，“身体内衬着纯金内衬，而且他们的食物除了蓟之外什么也没有，这太可怕了。”

“不过，他们似乎很快乐，也很满足。”魔法师说，“对那些容易满足的人来说，没有什么可后悔的事，他们也没有更多的奢望。”

第十章

托托的烦恼

有一段时间，这群旅行者不断迷失方向，因为一走到蓟丛边，他们就发现自己又站在旋转土地上，它会带着他们以一种怪异的方式来回转动，致使他们尽管朝一个方向前进，却不知其实走向了另一个方向。但是，他们始终选择远离蓟城的方向前行，最终穿过这片险恶的旋转土地，来到寸草不生、土地坚硬如石的乡野。不过，地上虽然无草，却遍布灌木丛。现在天快黑了，女孩们惊喜地发现灌木丛上长着一些美味的黄色浆果，尝了一口后，大家立马决定尽可能多地采摘。浆果暂时缓解了他们的饥饿感。因为天色太暗，黑得已完全看不清，于是他们就在原地宿营。

三个女孩排成一排躺在一条毯子上，魔法师把另一条毯子盖在她们身上，替她们盖好。闪亮扣蜷缩在灌木丛下，半分钟后就睡着了。魔法师背靠着一块大石头坐下来，看着天上的星星，认真地思考着他们即将面临的危险行程，不知道他们是否能够重新找回可爱的奥兹玛。动物们则在他们不远处围着躺在一起。

“我的狂吠声丢失了！”托托说，他一整天都非常沉默和安静，“你们说这是怎么搞的？”

“如果你让我保管你的狂吠声，我也许可以告诉你。”狮子睡眼惺忪地说，“但是，坦率地说，托托，我认为你自己会管理好的。”

“失去狂吠声是一件可怕的事情。”托托沮丧地摇着尾巴，“如果你失去了你的吼声怎么办，狮子？你不会觉得很糟糕吗？”

“我的吼声，”狮子回答，“是我身上最凶猛的武器。我靠它来吓唬我的敌人，让他们不敢与我战斗。”

“有一次，”驴子说，“我失去过我的叫声，所以我不能呼喊贝翠，让她知道我饿了。那是在我学会说话之前，因为那时我还没有来到这片奥兹仙境。不能发出一点声音，肯定很不舒服。”

“你们现在说得够多的了，”托托说，“但你们谁也没有回答我的问题：我的狂吠声去哪里了？”

“你可以搜我身，”猢麒说，“我自己对这些事情一点儿也不在意。”

“你的鼾声如雷，太可怕了。”托托肯定地说。

“可能吧。”猢麒说，“一个人对睡着时候做的事是无法控制的。我希望你能在我打呼噜的时候叫醒我，也让我也听听，这样我才能判断呼噜声是可怕的还是让人愉快的。”

“我向你保证，它听起来让人很不愉快。”狮子边说，边打着哈欠。

“对我来说，打呼噜似乎完全没有必要。”驴子汉克宣称。

“你们都应该改掉这个习惯。”锯木马说，“你们从未听到我打鼾，因为我从不睡觉。我甚至不像那些肥马那样嘶鸣。我希望那个偷了托托狂吠声的人，同时也拿走了驴子的叫声、狮子的吼声和猢麒的鼾声。”

“那么，你认为我的狂吠声被偷了吗？”

“你以前从来没有丢过它，是吗？”锯木马问道。

“只有一次，当我对着月亮狂吠太久而把喉咙喊哑的时候。”

“你现在喉咙喊哑了吗？”猢麒问道。

“没哑。”小狗回答。

“我不明白，”汉克说，“狗干吗喜欢对着月亮狂吠。既吓不到月亮，月亮也不理会。那狗为什么还要这样做呢？”

“你做过狗吗？”托托问道。

“没有，真的，”汉克回答，“我很庆幸我生来就是驴子——所有动物中最美丽的驴子——而且始终都是驴子。”

猢麒的方形屁股坐在地上，仔细打量着汉克。

“美，”他说，“一定是品味问题。我不是说你的欣赏力差劲，汉克朋友，也不是说你庸俗得过于自负。但如果你欣赏左右摇摆的大耳朵和一条像画笔一样的尾巴，还有大得足以容纳一头大象的蹄子，长脖子，身体瘦得闭上眼睛都能数出肋骨——如果这就是你对美的认识，汉克——不是你那就一定是我搞错了。”

“你满身棱角。”驴子嘲笑道，“如果我像你一样是方形的，也许你会觉得我漂亮可爱吧。”

“光看外表，亲爱的汉克，我会这么认为，”猢麒回答，“但要做到真正的美，就必须外在和内在都很美。”

驴子无法否认这个说法，所以他反感地哼了一声，翻了个身，背对着猢麒。

狮子用他那双黄色的大眼睛平静地看着两人，对小狗说：“我亲爱的托托，我们的朋友谦逊地给我们上了一课。如果猢麒和驴子真的像他们想的那样是美丽的生物，那么你和我一定是丑八怪。”

“我们自己不丑。”托托反对道，他是一只精明的小狗，“你和我，狮子，都是我们各自种族的优秀典范。我是只漂亮的狗，你是只漂亮的狮子。只有在相互比较的时候，我们才能得到正确的判断，所以我将这问题留给瘦弱的锯木马，让他来评判我们当中谁是最美丽的动物。锯木马是木头的，他不会有任何偏见，只会说实话。”

“我当然会的。”锯木马晃动着耳朵，那是他木头脑袋上那对薄木片，“你们都同意接受我的评判吗？”

“同意！”他们齐声说，每个人都充满了希望。

“那么，”锯木马说，“我必须向你指出一个事实，你们都是血肉之躯的动物，不睡觉就会疲倦，不吃饭就会饿死，不喝水就会口渴。这样的动物一定是非常不完美的，不完美的生物不可能是漂亮的。而我，是木头做的。”

“你确实有一个木头脑袋。”驴子说。

“对，还有木身子和木腿——这些腿跑起来快如风，且不知疲倦。我听多萝茜说过‘行为美才是真的美’，我肯定能漂亮地履行职责。所以，如果你们想得到我公正的评判，我会坦白地说，在我们所有人中，我才是最美的动物。”

驴子哼了一声表示反对，猢麒哈哈大笑了起来。托托因为丢失了狂吠声，只能轻蔑地看着站在原地一动不动的锯木马。

狮子伸了个懒腰，打着哈欠，平静地说：“如果我们都像锯木马，我们就都成了锯木马，那这种动物就太多了；如果我们都像驴子，我们将成为一群驴子；如果像托托，我们将成为一群狗；如果我们都变成了猢麒的样子，他也就不会再因为他不同寻常的外表而引人注目了。最后，如果你们都像我一样，我会认为你们很普通，不想和你们交往了。我的朋友们，只有做个独特的与众不同的人，才是区别于大众的唯一途径。因此，让我们庆幸我们在外表和性格上彼此不同。多样性是生活的调味剂，我们种类繁多，相互交往才有乐趣，所以，让我们知足吧。”

“这番话有道理。”托托沉思着说，“但是我失去的狂吠声呢？”

“狂吠声只对你很重要，”狮子回答说，“所以担心狂吠声是你自己的事，而不是我们的事。如果你爱我们，就不要把你的负担强加在我们身上，你就独自伤心去吧。”

“如果偷走了我的狂吠声的人和劫走奥兹玛的人是同一人，”小狗说，“我希望我们能尽快找到他，并给予他应得的惩罚。他一定是世界上最残暴的人，为了不让一只狗狂吠——这是狗的天性——在我看来，就像偷走奥兹国的所有魔法一样邪恶。”

第十一章

闪亮扣失踪了

碎布姑娘从不睡觉，即使在黑暗中也能看得非常清楚，她在岩石堆和灌木丛中游荡了一夜，第二天早上，她告诉大家一个好消息。

“越过我们前面的那个山头后，”她说，“有一片很大的树林，里面长着各种各样的树木，树上面结满了各种各样的果子。如果你们到了那里，就会发现一顿美味的早餐正等着你们。”

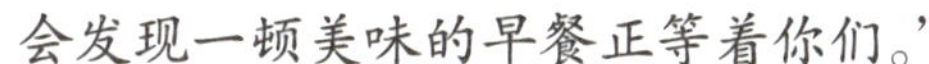

这个好消息让他们迫不及待地想动身前往，于是飞快地把毯子叠好并绑在锯木马背上，然后就迅速坐上各自的坐骑，前往碎布姑娘告诉他们的大树林。

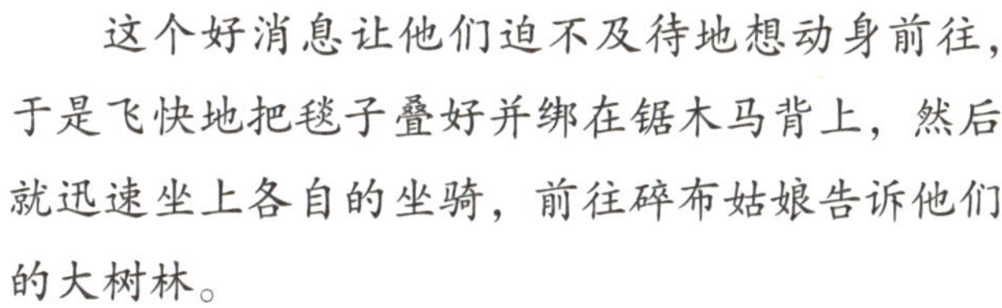

一翻过山头，他们果然发现那儿有一个非常巨大的果园，向左右延伸了好几英里。他们走的这条路恰好笔直穿过果园，因此他们加快速度往前赶去。

他们看到的第一棵树是他们讨厌的榅桲树，接着是一排排的香橼树，然后是山楂树，最后是酸橙树和柠檬树。但是在这些树的后面，他们发现了一片金灿灿的橙子林，树上的橙子多汁而甜美，果实低垂在枝头，很容易摘到。

他们随意地采摘，一路上都吃着橙子。往前走不远，他们看到一些结着漂亮的红苹果的果树，他们又吃了一通苹果。魔法师在这里停了很长时间，采摘了很多苹果，并用一条毯子包好。

“离开这个令人愉快的果园后，我们不知道随后会发生什么事。”他说，“所以我认为随身携带一些苹果是明智的。只要有苹果，我们就不会挨饿。”

碎布姑娘刚才没有骑在猢麒背上。她喜欢爬树，在树枝上跳来蹦去，从一棵树到另一棵树。她从最高处摘了一些最上等的苹果，扔给下面的人。

突然特洛特问道：“闪亮扣呢？”众人寻找时，才发现男孩已经不见了。

“天哪！”多萝茜叫道，“我猜他又迷路了，这意味着我们得在这里等他，直到找到他。”

“这是一个等人的好地方。”贝翠说，她发现了一棵李子树，又吃上了李子。

“我们怎么能等在这里，同时又找到闪亮扣呢？”碎布姑娘问道，她的脚趾正悬在三个凡人女孩头顶上方的一根树枝上。

“也许他会回到这里。”多萝茜回答。

“如果他那样做的话，可能会迷路。”特洛特说，“我知道，很多次，正是迷路让他走失。”

“非常正确，”魔法师说，“所以你们都必须待在这里，让我去找他。”

“你不会迷路吗？”贝翠问。

“但愿不会，亲爱的。”

“让我去吧，”碎布姑娘说，随后轻轻地落在地上，“我不会走失的，我比你们任何人更有可能找到闪亮扣。”

没等别人同意，她就迅速穿梭在果树间，很快就从大家的眼前消失了。

“多萝茜，”托托蹲在他的小主人身边，“我已经不会狂吠了。”

“那是怎么搞的？”多萝茜问。

“我不知道。”托托回答，“昨天早上，猢麒差点踩到我，我试图对他狂吠，但发现我一点儿声音也发不出来。”

“你能小声叫吗？”多萝茜问。

“哦，能，真的！”

“那就别管什么狂吠声了。”她说。

“但是当我回到家，面对玻璃猫和粉红猫时，我该怎么办呢？”小狗焦急地问道。

“如果你不能对他们狂吠，我敢保证，他们不会介意的，”多萝茜说。“当然，我为你感到难过，托托，因为我们最想做的恰恰是那些我们无法做到的事情。但在我们回家之前，你也许可以找回你的狂吠声。”

“你认为是劫走奥兹玛的人偷走了我的狂吠声吗？”

多萝茜笑了。

“也许吧，托托。”

“那他就是个大坏蛋！”小狗叫道。

“任何想劫走奥兹玛的人都是坏人。”多萝茜同意道，“只要我们想起我们可爱的朋友、可爱的奥兹国女王失踪了，我们就不应该只为狂吠声而担忧。”

托托对这些话并不完全满意，他越想自己失去了狂吠声，就越觉得自己不幸。当没人注意时，他会走到树丛中，试图尽力狂吠——哪怕能发出一点点声音也好——但都失败了。他能做的只有叫上几声，喊叫是不能代替狂吠的，他只好伤心地回到了同伴身边。

这时，闪亮扣丝毫没意识到自己迷路了。他只是从一棵树转到另一棵树，寻找最好的果实，直到最后他发现只有他一人在大果园里。不过他并不担心，他看到不远处有几棵杏树，就走了过去。接着他发现了一些樱桃树，再过去是一些蜜橙树。

“我们找到了除了桃子以外的大多数水果，”他自言自语道，“所以我猜这里应该也有桃子。”

他四处寻找，没有注意脚下的路，直到他发现周围的树木只结了核桃。

他在口袋里放了几颗核桃，继续寻找，终于——就在核桃树之间，他找到了一棵孤零零的桃树。那是一棵优雅、美丽的桃树，可是奇怪的是，尽管枝繁叶茂，全树只结有一个硕大的、漂亮的桃子，桃子非常红润，毛茸茸的，正好熟透。

闪亮扣费了好大的劲儿才摘到那个唯一的桃子，因为它挂着的地方他根本够不着。但他敏捷地爬上树，爬到它生长的树枝上，经过几次尝试，冒着摔下去的危险终于摘到它。然后他回到地上，认为这枚水果完全值得他费这么大的劲去采摘。桃子散发出令人愉悦的香气，他咬了一口，顿时觉得这是他吃过的最美味的水果。

“我应该和特洛特、多萝茜和贝翠分享它。”他说，“但是，也许在果园的其他地方，还有更多这样的桃子。”

虽然他这么说，但他对此表示怀疑，因为这是一棵孤零零的桃树，而其他的果实都长在许多彼此紧挨着的树上。可是吃了一口后，他就再也无法抵御那甜蜜水果的诱惑，他忍不住又咬了一口，直至很快将桃肉吃完，只剩下一颗桃核了。

闪亮扣正要扔掉这颗桃核，却发现它是纯金的。这当然让他大吃一惊，不过在奥兹国，他见过许多稀奇古怪的东西，所以他也没有对这颗黄金桃核过于在意。他随手把它放在口袋里，准备拿回去给女孩们看看。可五分钟后，他就把此事忘干净了。

此刻，他才意识到自己已经远离同伴们，知道这会让他们担心，耽误大家的行程，他开始尽可能大声地叫喊。可他的声音在树丛中间无法传出很远，喊了十几遍都没有回应。他坐在地上说道：“嗯，我又迷路了。太糟糕了，但我看不出有什么办法。”

他背靠在一棵树上，抬头看到一只蓝翅雀从天而降，落在他面前的一根树枝上。那只鸟一再地打量着他。它先是用一只明亮的眼睛看着他，然后转过头，用另一只眼睛看着他。最后，它微微拍打着翅膀，说道：

“哎呀！你已经吃了那只魔法桃子了，是吗？”

“它被施了魔法吗？”闪亮扣问道。

“没错，”蓝翅雀回答，“是那个鞋匠乌古干的。”

“可是为什么呢？它是怎么中的魔法？吃了它的人会怎么样？”闪亮扣问道。

“那得去问问鞋匠乌古，只有他知道。”蓝翅雀说着，用喙梳理自己的羽毛。

“鞋匠乌古是谁？”

“就是那个给桃子施了魔法，把它放在这里的人。就放在大果园的中心——这样就没人会找到它。我们鸟不敢吃它，我们太聪明了。但你是闪亮扣，来自翡翠城，而你——你——你吃了中了魔法的桃子！你必须向鞋匠乌古解释你为什么这样做。”

在男孩还想问下一个问题之前，这只鸟飞走了，只留下他一个人。

发现自己吃了中了魔法的桃子后，闪亮扣并没有太担心。它的味道实在太好了，他的胃一点儿也不疼。于是，他又开始思考与朋友相聚的最佳方式。

“我感觉无论我朝哪个方向走，都可能是错的。”他自言自语，“我最好待在原地，让他们找到我。”

一只白兔从果园里蹦蹦跳跳地走过来，停在不远处看着他。

“别害怕，”闪亮扣说，“我不会伤害你的。”

“哦，我不为自己害怕，”白兔回答道，“我担心的是你。”

“是的，我迷路了。”男孩说。

“你确实迷路了。”兔子说，“你到底为什么要吃那只魔法桃子？”

男孩若有所思地看着这只兴奋的小动物。

“有两个原因，”他解释道，“一个原因是我喜欢吃桃子，另一个原因是我不知道它被施了魔法。”

“这也不会把你从鞋匠乌古手中拯救出来的。”白兔回答道，没等男孩再问，它就匆匆离开了。

“兔子和鸟儿，”他想，“都是胆小的动物，似乎很怕这个鞋匠——不管他是谁。如果有另一个桃子，哪怕它只有之前那个桃子一半好，我也会吃掉它，我才不管它中了多少个魔法或有几百个鞋匠呢！”

就在这时，碎布姑娘跳着舞过来了，看见他坐在树下。

“哦，你在这儿！”她说，“又犯老毛病了吧，嗯？你不知道走失了，让大伙都等你是不礼貌的吗？走吧，我带你回到多萝茜和其他人那里。”

闪亮扣慢慢起身，紧跟在她身后。

“这算不上什么损失，”他兴高采烈地说，“我离开不到半天，没什么大碍。”

然而，当男孩回来时，多萝茜狠狠地批评了他一顿。“当我们都在寻找奥兹玛时，”她说，“你却随意走开，让我们久等，无法继续前进，这实在太淘气了。假设她被囚禁在一个城堡的地牢里，难道你想把我们亲爱的奥兹玛留在那里待更长的时间吗？”

“如果她被关在城堡地牢里，你们打算怎么把她救出来呢？”闪亮扣问。

“这点你不用操心。这个问题自有魔法师来解决，他一定会找到办法的。”

魔法师一言不发，因为他心里明白，没有了魔法工具，他无法比普通人做得更多。而且提醒他的伙伴们注意这一点是没有用的，这可能会打击他们的信心。

“当前最重要的事情，”他说，“是找到奥兹玛。既然我们的队伍又快乐地团聚了，我们还是继续前进吧。”

当他们来到大果园的边缘时，太阳下山了，他们知道天很快就要黑了。于是大家决定在树下宿营，因为他们面前是另一片广阔的平原。魔法师把毯子铺在柔软的树叶上，除了碎布姑娘和锯木马之外，其他人都睡着了。托托依偎在他的朋友狮子身边。猢麒的鼾声很大，碎布姑娘用她的围裙蒙住了他的方头以减小声音。

第十二章

赫库国王

太阳刚升起，特洛特就醒了，她从毯子里溜了出来，走到大果园的边缘，眺望平原。远处有什么东西在闪闪发光。

“那看起来像另一个城市。”她轻声说。

“是另一个城市。”碎布姑娘说，她悄悄跳到特洛特身边，因为她那填充满棉花的双脚不会发出任何声音，“当你们都睡着时，我和锯木马在黑暗中走了一趟，我们在那里发现了一座比蓟城更大的城市。它周围也有一堵墙，但它有城门和许多路。”

“你进去了吗？”特洛特问道。

“没有，因为城门是锁着的，而且那堵墙是一堵真正的墙。所以我们又折了回来。吃完早餐后，我们可以在两个小时内到达那里。”

特洛特回到毯子边时，发现其他女孩此时都醒了，她告诉她们碎布姑娘说过的话。于是他们匆匆吃了些水果——这片果园里有很多李子和牛油果，然后骑上坐骑，启程前往陌生的城市。驴子汉克在草地上吃草，狮子偷偷溜走，去寻找他喜爱的早餐，不过他从来没有说过是什么，但多萝茜希望小兔子和田鼠能逃过他的狮口。她警告托托不要追小鸟，然后给了小狗一些苹果，他很满意。猢麒像喜爱其他食物——除了蜂蜜——一样喜欢水果，而碎布姑娘根本不吃东西。

除了为奥兹玛担心外，大家都精神抖擞，快速穿过平原。托托还在为自己失去狂吠声而担忧，但就像一只聪明的小狗一样，他把担忧藏在心里。不久，这座城市越来越近，他们饶有兴趣地打量着它。

从外观上看，这座城市比蓟城更有气势，是一座方形的城市，四面有城墙，每面城墙都有一扇擦得锃亮的方形铜门。这座城市的一切看起来都非常坚实，城里没有飘扬的旗帜，高耸于城墙之上的塔楼似乎没有任何装饰。

一条小路从果园直通城门，这表明该城居民更喜欢水果，而不是蓟。我们的朋友沿着这条路走到城门，发现城门紧闭。魔法师走上前，一拳砸在上面，大声喊道:“开门！”

顿时，从巨大的城墙上方探出一排巨大的脑袋，一个个都俯视着他们，仿佛要看看是谁闯进来了。这些脑袋大得令人惊讶，我们的朋友马上明白他们是站在城头的巨人。他们都长着浓密的头发和胡须，有的头发是白色的，有的头发是黑色、红色或黄色的，而少数人的头发刚刚变灰，表明这些巨人各个年龄段都有。不管这些脑袋看起来多么凶恶，他们的眼神看起来却非常温和，似乎这些人早已被驯服，他们脸上流露出的是耐心，而不是凶恶的表情。

“你们要干什么？”一位年迈的巨人用低沉、浑浊的声音问道。

“我们是外乡人，想进城。”魔法师回答。

“你们来是为了战争还是和平？”另一个人问道。

“当然是为了和平。”魔法师回答说，他颇不耐烦地又说，“我们看起来像一支远征军吗？”

“不像。”第一个说话的那个巨人说，“你们看起来像无辜的流浪汉，但不能从外表判断人。在这里等着，等我们向主人报告。没有维格国王的许可，任何人不能进城。”

“他是谁？”多萝茜问。但所有的人头全都缩了回去，消失在城墙后，无人回答。

等了许久，他们才听到城门轰隆地打开，一个响亮的声音喊道：“进来吧！”听到邀请，他们立即进城。

从城门通向城内的宽阔街道的两边，各站着一排巨人——一排有二十个，而且都站得很近，手肘紧挨着。他们身穿蓝黄相间的制服，手持大如树干的棍棒。每个巨人的脖子上都用铆钉钉着一条宽金项圈，表明他是一个奴隶。

当我们的朋友们骑着狮子、猢麒、锯木马和驴子进来时，巨人们都半转过身子，在他们两边列队行走，好像在护送他们。在多萝茜看来，她的所有同伴都像是被俘虏了，因为即使坐在动物背上，他们的头也几乎够不到行进中的巨人的膝盖。女孩们和闪亮扣急切地想知道他们进入了一个什么样的城市，以及奴役这些强大的巨人的人到底什么模样。透过巨人的双腿，多萝茜可以看到街道两边一排排的房子，人行道上站着一大群人。但这些人的体型与普通人没有区别，唯一不同寻常的是他们瘦得可怜。在他们的皮肤和骨头之间似乎没有肉，他们大多数都驼背，面容憔悴，显得疲惫不堪，甚至小孩子也是如此。

多萝茜越来越想知道，这些强壮的巨人为何会甘心做这些瘦得皮包骨、精神萎靡不振的人的奴隶，但她没有机会问别人。最后他们到达位于城市中心的一座大宫殿前。巨人们排成一排，站在宫殿门口一动不动，目送我们的朋友进入宫殿的庭院。紧接着，大门在他们身后关上，在他们面前站着一个瘦得皮包骨的小个子男人，低着头向他们鞠躬，忧伤地说道：

“如果你们愿意下马，我很高兴带你去见世界上最强大的统治者，维格国王。”

“我不相信！”多萝茜愤愤不平地说。

“你不相信什么？”小个子男人问。

“我不相信你的国王能和我们的奥兹玛公主相提并论。”

“在任何情况下，他都不会跟任何活人相比的。”那人很严肃地回答，“因为他有奴隶替他做这些事情，而维格国王太高贵了，不屑于做任何其他人可以为他做的事。就算他着凉了，也要奴隶替他打喷嚏。不过，如果你敢面对我们强大的国王，就跟我来。”

“我们什么都敢，”魔法师说，“请前面带路吧。”

他们穿过几条廊顶巍峨的大理石走廊，发现每条走廊和门口都有护卫把守，但这些宫中的护卫都是普通人，并不是巨人，而且个个瘦得几乎像骷髅。最后，他们进入了一个巨大的、有高高的拱形顶的圆形大厅，维格国王端坐在宝座上，宝座由一块坚固的巨型白色大理石雕成，上面装饰着紫色绸缎帷幔和金色流苏。

当我们的朋友走进觐见室并站在他面前时，这位统治者正在梳理他的眉毛。他把梳子放进口袋，好奇地打量着这群陌生人。然后他说：

“天哪，真是惊喜！你们真的让我震惊。因为从来没有外乡人来过我们的赫库城，我无法想象你们为什么要冒险来到这里。”

“我们正在寻找奥兹玛，奥兹国的女王。”魔法师回答。

“你在这附近有没有看到她？”国王问道。

“还没有，陛下。但也许您可以告诉我们她在哪里。”

“不。我成天忙着管理我的臣民。我发现他们越来越难管理，因为他们个个力大无穷。”

“他们看起来不是很强壮，”多萝茜说，“如果没有围墙的话，似乎一阵大风就会把他们吹出城外。”

“是的，”国王承认道，“他们看起来的确如此，不是吗？但你们绝不能只相信外表，那会让你们吃亏上当的。也许你注意到，我阻止你们与我的

臣民见面。我用我的巨人奴仆一路保护你们，所以从城门到我的宫殿的路上，没有一个赫库人能靠近你们。”

“你的臣民就这么危险吗？”魔法师问道。

“对陌生人而言是非常危险的，但只是因为他们太友好的缘故。因为，如果他们与你握手，他们很可能会摇断你的手臂，或将你的手掌捏得粉碎。”

“为什么？”闪亮扣问道。

“因为我们是世界上最有力的人。”

“呸！”闪亮扣叫道，“那是吹牛。你可能不知道其他人有多强壮。我在费城认识一个人，他可以用双手折弯铁棒！”

“但是——请原谅我！——折弯铁棒算不上什么本事。”国王说，“告诉我，这人能徒手击碎一块巨石吗？”

“没有人能做到这一点。”男孩宣称。

“如果我手上有一块石头，我就能表演给你看。”国王边说，边环顾大厅，“啊，这是我的王座，反正后背太高了，我掰去一截吧。”

他站了起来，在王座周围蹒跚而行。然后他抓住宝座后背，掰下一块一英尺[①]厚的大理石。

“这一块，”他回到座位上说，“是非常坚固的大理石，比普通的石头要硬得多。但我用手指就能轻易地把它弄碎——足以证明我强壮有力。”

就在他说话时，他开始将大理石掰成许多小块，再把它们捏成碎渣，就像碎土一样。魔法师大吃一惊，亲手拿了一小块大理石试了试，发现确实无比坚硬。

就在这时，一个巨人仆人走了进来，惊呼道：“哦，陛下，厨师把汤烧煳了！我们该怎么办？”

“你怎么敢打断我？”国王怒斥道，他抓住这个巨人的一条腿，把他举到空中，然后把他头朝下从一扇敞开的窗户扔出去。

“现在，告诉我，”他转向闪亮扣说，“你在费城认识的人能不能用手指捏碎大理石？”

---

① 英美制长度单位。1 英尺约为 0.3 米。

“我想不能。”闪亮扣说，这个瘦得皮包骨的国王的惊人力量让他印象深刻。

“是什么让你如此强大？”多萝茜问。

“是大力剂佐索佐，”他解释说，“这是我自己的独特发明。我和我所有的人都吃大力剂佐索佐，它给了我们巨大的力量。你想吃一些吗？”

“不，谢谢，”女孩回答，“我——我不想变得那么瘦。”

“嗯，当然不能同时拥有力量和肌肉。”国王说，“大力剂佐索佐是纯粹的能量，它是世上各种能量的唯一合成物。我从不允许我们的巨人得到它，否则他们很快就会成为我们的主人，因为他们个头比我们大得多。所以我把这些东西锁在我的私人实验室里。每年一次，我给我的每个臣民——男人、女人和孩子——吃一匙，所以他们每个人都几乎和我一样强壮。你不想要一剂吗，先生？”他转身看着魔法师。

“好吧，”魔法师说，“如果你能给我在瓶子里装一小匙的话，我很乐意在旅行时随身携带。它也许会派上用场。”

“当然可以。我会给你足份的六剂，”国王承诺说，“但一次不要超过一茶匙。鞋匠乌古有一次吃了两茶匙，结果变得太强壮，靠在城墙上时，竟然把墙推倒了，害得我们不得不重新建造。”

“鞋匠乌古是谁？”闪亮扣好奇地问道，因为他想起了鸟和兔子说起的鞋匠乌古，他还吃了他施过魔法的桃子。

“哦，乌古是一位了不起的魔法师，他以前住在这里。但他现在已经离开了。”国王回答说。

“他去哪儿了？”魔法师连忙问道。

“听说他住在西边山区的一座柳条城堡里。你看，鞋匠乌古变成了一个本领高强的魔法师，因此他不愿再住在我们的城市里，生怕我们会发现他的秘密。所以，他到山上为自己修建了一座华丽的柳条城堡，它坚固到我和我的臣民都无法摧毁它，他一个人住在那里。

“这是个好消息，”魔法师说，“因为我想他正是我们正在寻找的魔法师。为什么他被称为鞋匠乌古呢？”

第十三章

真话池

我们似乎很久没有听到蛙人和甜点师凯特的消息了，他们离开耶普去寻找镶钻金洗碗盆。就在奥兹玛从翡翠城失踪的当晚，那个洗碗盆被神秘地偷走了。但是我们必须记住，在蛙人和甜点师准备下山，甚至在他们去往温基威尔琼农舍的路上的同时，多萝茜和魔法师以及他们的朋友们都遇到了我们前面讲述的那些奇遇。

就在那天早上，当来自翡翠城的那群旅人向赫库城的国王告别时，凯特也和蛙人在一片树林中醒来，他们在树林里的树叶床上睡了一夜。附近有很多农舍，但似乎没有人欢迎这个肥胖、傲慢的蛙人或瘦不拉叽的小个子甜点师，所幸他们在树林的树下睡得很舒服。

这天早晨，蛙人先醒来，他走到凯特睡觉的那棵树下，发现她还在睡梦中，于是决定先在附近散散步，顺便找点食物当早餐。走到小树林的边缘时，他看到半英里外有一栋漂亮的黄色房子，房子周围还围有黄色栅栏，于是他朝房子走去。刚进入院子，就看到一个温基女人在捡木柴，准备生火做早餐。

“天哪！”她一看到蛙人就惊呼起来，“你从池塘里出来干什么？

“我正在旅行，寻找一个镶钻洗碗盆，夫人。”他回答说，神情非常傲慢。

“你不会在这里找到它。”她说，“我们的盆子都是铁皮的，我们觉得铁皮就够好了。所以你还是回到你的池塘里，别出来烦我了。”

她的回答有些生硬，缺乏对人应有的尊重，这让蛙人非常恼火。

“让我告诉你，夫人，”他说，“虽然我是一个蛙人，但我是世界上最伟大、最聪明的青蛙。我还要强调一句，我比任何一个温基人——男人或女人——都更聪明。在这片土地，无论我走到哪里，那里的人都会跪在我面前，向伟大的蛙人致敬！没有人比我知道更多，也没有人如此伟大——这么了不起！”

“如果你知道这么多，”她反驳道，“你为什么不知道你的洗碗盆在哪里，而是在全国范围内去搜寻它呢？”

“现在，”他回答，“我正要去它所在的地方，只是我一直在旅行，没有吃早饭。所以请你给我点东西吃。”

“哎哟！伟大的蛙人会像普通旅行者一样感到饿吗？那就拿起这些木柴帮我生火吧。”女人轻蔑地说道。

“我！伟大的蛙人竟然去捡木柴？”他不敢相信地叫道，“在耶普，我甚至比国王都更加尊贵和伟大，当我请他们给我食物时，人们会感动得泪流满面。”

“那你就去那儿吃你的早餐吧。”女人不屑地说。

“我提醒你，你没有意识到我的伟大，”蛙人竭力劝说，“超人的智慧使我超然于一切卑微的职责。”

“我感到非常奇怪，”女人说着，拿着她的木柴进屋，“你的智慧难道没有告诉你，在这里你吃不到早餐吗？”她进屋后，随手“砰”的一声关上了身后的门。

蛙人备感羞辱，愤怒地嘶吼一声，转身离开。走了一小段路后，他来

这是真话池，
凡在本池中洗澡者，
必须永远讲真话。

到了一条小路上，这条小路穿过一片草地，通向一片美丽的树林，他认为这片树林中一定有一座房子，或许在那里，他会受到热情的款待，于是他决定沿着小路走去。没多久，他来到了茂密的绿树林，推开一些树枝，他发现里面并没有房子，只有一个非常漂亮的池塘，池水清澈。

尽管蛙人个子高大，又那么有教养，还效仿人类的言行举止和生活习惯，但他毕竟只是一只青蛙。看到这个孤零零的宛如世外桃源的池塘，对水的本能热爱以不可抗拒的力量回到他身上。

“如果没有早餐，我至少可以畅快地游个泳。”他一边说，一边奋力穿过树丛，来到池塘边。他脱掉了漂亮的衣服，把他闪亮的紫色帽子和金头手杖放在衣服旁边。随后，他一跃跳入水中，潜入池底。

池水无比清凉，对他厚实粗糙的皮肤来说舒服极了，蛙人绕着池塘游了好几圈，才停下来休息。他浮在水面上，好奇地打量着池塘。池塘底部和侧面都衬有浅粉色的光滑瓷砖，只有在底部的一个地方，水从一个隐蔽的泉眼里冒出来。岸边绿油油的青草一直长到粉红色的瓷砖边。

这时，到处查看的蛙人突然发现，在水池的一侧，就在水面上，钉着一块金牌，上面深深地刻着一些文字。他朝这个金牌游去，到达牌子时，看到牌子上面写着：

> 这是真话池，
> 凡在本池中洗澡者，
> 必须永远讲真话。

这句话让蛙人大吃一惊，更让他担心，所以他立即跳上岸，急忙穿好衣服。

“大祸临头了，”他自言自语，

“今后我不能对别人说我很聪明了，因为这不是真话。事实是，我吹嘘的智慧完全是假的，是我用来欺骗人们和让他们听从我的。事实上，没有一个活的生物能比他的同伴知道得更多，因为一个人可能知道一件事，另一个人知道另一件事，所以智慧均匀地散布在世界各地。但是——啊，我！——现在我的命运将有多可怕！连甜点师凯特也会很快发现我的知识并不比她的多，因为我在真话池里的魔法水中沐浴过，我再也不能欺骗她了。”

此时的蛙人比以往谦逊了许多，他回到他离开凯特的小树林，发现她已经醒了，正在一条小溪里洗脸。

“我尊敬的蛙人，你刚才去哪儿了？”她问。

“去一户农家请求早餐，”他说，“但那个农妇拒绝了。”

“太可怕了！”她惊叫道，“不过没关系，还有其他农户，他们也许很乐意拿出食物献给世界上最聪明的人。”

“你是说你自己吗？”他问。

“不，我是说你。”

蛙人内心有股强烈的冲动迫使他说真话，但他又竭力忍住不说。他的理智告诉他，让凯特知道他不聪明没有任何好处。那样她就不会像以前那样尊重他，但每次他开口说话时，他都意识到自己要说真话，然后又赶紧闭上嘴。他试图谈点别的，但不管他的内心多么抗拒，那些真话都会涌到嘴边。最后，他知道自己要么永远保持沉默，要么说得真话。于是他绝望地嘀咕了一声，说道：“凯特，我并不是世界上最聪明的生物，我一点儿也不聪明。”

“哦，你肯定是！”她抗议说，“你自己告诉我的，就在昨晚。”

“昨晚我没有告诉你真相，”他坦白说，看起来很羞愧，“对不起，我对你撒谎了，我的好凯特。但是，你必须知道真相，全部的真相，真真正正的真相——我实际上并不比你聪明。”

甜点师听到这个消息后感到非常震惊，因为这打破了她最美好的幻想。她惊讶地看着穿着华丽的蛙人。

“是什么让你突然改变主意了呢？”她问。

“我曾在真话池中沐浴过。”他说，“无论谁在那个水池中沐浴过，以后都必须说真话。”

“你这样做太愚蠢了。”女人说，“说真话常常很尴尬。我很高兴我没有在那种可怕的水里洗过澡！”

蛙人若有所思地看着他的同伴。

“凯特，”他说，“我希望你去真话池，在那里洗个澡。因为，如果我们一起旅行，遇到未知的冒险，我必须总是对你讲真话，而你却可以想怎么说就怎么说，这是不公平的。如果我们俩都在魔法水池中沐浴过，那么我们就不会互相欺骗了。

“不。”她明确地摇了摇头，“我不会这样做的，尊敬的蛙人先生。因为如果我告诉你真相，我敢肯定你不会喜欢的。我不需要什么真话池。我想就像现在一样，做一个诚实于自己的女人，想怎么说就怎么说，但不伤害任何人的感情。”

蛙人被迫接受她的决定，尽管他很遗憾甜点师不听从他的建议。

第十四章

可怜的摆渡人

离开他们露宿的小树林，蛙人和甜点师转身向东，去了另一所房子，走了一段不长的路后，他们来到那所房子前。这户人家热情地接待了他们。孩子们瞪大眼睛盯着那个衣着华丽、高大的蛙人，在凯特说明来意，要求得到一些食物时，女主人立刻给他们端来食物，欢迎他们享用。

“从这里路过的旅客很少有人需要帮助，”她说，“因为温基人都很富裕，喜欢在自己的家里吃饭。但也许你们不是温基人吧？”

“不是，”凯特说，“我是耶普人，我的家在你们东南部的一座高山上。”

“还有这位蛙人——他也是耶普人吗？”

“我不知道他是哪里人，只知道他是一个非常有名的、受过良好教育的人。”甜点师回答道，“但他在耶普人中生活了很多年，他们发现他非常聪明且很有智慧，所以经常向他请教问题。”

“我能冒昧问一下，你们为什么离开家园，又要去哪里呢？”温基女人说。

凯特告诉她镶钻金碗盆被盗之事，以及它是如何从她家神秘地失踪的，她发现自己再也不能做出好吃的甜饼了，所以决定去寻找这只洗碗盆，直到找到它。因为一个做不出香甜可口甜饼的甜点师是没有多大用处的。蛙人呢，也想出来更多地了解这个世界，所以愿意陪着她帮忙寻找。

温基女人听完这个故事后问道："那么到目前为止你还不知道是谁偷了你的洗碗盆吗？"

"我只知道一定是某个邪恶的女巫或者巫师，或者这类有魔法的人干的，因为普通人是无法爬上陡峭的山坡抵达耶普的。再说谁有这么大的能耐在不被人看见的情况下盗走我那漂亮的魔法洗碗盆呢？"

凯特和蛙人吃早餐的时候，温基女人一直在琢磨此事。等他们吃完后，她问："你们接下来要去哪里？"

"还没有决定。"甜点师回答。

"我们的计划，"蛙人颇为自得地解释说，"是从一个地方到另一个地方找下去，直到找到盗贼在哪里，然后让他物归原主。"

"计划倒是不错，"女人同意说，"但你们得花很长时间，这种方法似乎有点太随意了。我建议你们去东方。"

"为什么？"蛙人问道。

"因为如果你们往西走，很快就会抵达沙漠。再说在温基，没有人偷窃，所以你们在这里只会白白浪费时间。但向东，在河的另一边，住着许多怪人，他们是否诚实，我无法担保。而且，如果你向东走得足够远，再过一次温基河，就会抵达翡翠城，那里有很多魔法师。翡翠城由一个可爱的小女孩统治，她叫奥兹玛，她也统治着温基国王和整个奥兹国。而且，奥兹玛是个仙女，她也许能告诉你们是谁偷走了你们珍贵的洗碗盆。"

"我觉得这是一个极佳的建议。"蛙人说，凯特也同意他的看法。

"对你们来说，最明智的做法是，"女人继续说，"立即回家，用另一个盆子，学着做甜饼，就像别人做甜饼一样，不用什么魔法。但是，如果你不能接受丢失那只魔法洗碗盆，为此痛苦不堪，那么去翡翠城，你们可能会比在奥兹国的任何其他地方能打听到更多关于它的消息。"

离别时，他们再三感谢这个热心肠的女人。离开她家后，他们一路向东而行。傍晚时分，他们来到了温基河的西支流，在河岸上，他们看到一个摆渡人，他独自住在一间黄色的小房子里。

这个摆渡人是个脑袋很小、身材很高的温基人。他正坐在门口，他们走近他，他甚至没有抬头瞧他们一眼。

“晚上好！”蛙人说。

摆渡人没有回答。

“我们想要一些晚餐，还想在你家借宿一晚，”蛙人继续说，“明天天亮，我们想要吃点早餐，然后请您划船送我们过河。”

摆渡人既没有动一下也没有说一句话。他只是坐在门口，直视前方。

“我想他一定又聋又哑。”凯特低声对同伴说。然后她径直来到摆渡人的跟前，把嘴凑近他的耳朵，尽可能大声地喊道：“晚上好！”

摆渡人怒目而视。

“女人，你干吗对我大喊大叫？”他怒斥道。

“你能听到我说的话吗？”她用平常的语调问道。

“当然能！”男人回答。

“那你为什么不回答蛙人呢？”

“因为，”摆渡人说，“我不懂蛙语。”

“他说的语言和我说的一样。”凯特说。

“也许吧，”摆渡人回答，“但对我来说，他的声音就像青蛙在叫。我知道在奥兹国，动物会说我们的语言，鸟类、虫子和鱼儿都能，但在我耳中，它们的声音听起来只是在咆哮，或者是唧唧呱呱地乱叫。”

“这是为什么？”甜点师惊讶地问道。

“多年前，有一次有只狐狸嘲笑我，于是我就把它的尾巴剪掉了。我从鸟巢里偷了一些鸟蛋来做煎蛋卷，还从河里捞了一条鱼，让它躺在岸上因为缺水而喘气，直到它死去。我不知道我为什么要做这些邪恶的事，但我就是做了。因此，温基国王——他是铁皮人，有着一颗非常温柔的心——惩罚我，不让我与野兽、鸟类、鱼类来往。当它们跟我说话时，我听不懂，尽管我知道其他人能听懂，——这些生物也听不懂我对它们说的话。每当我遇到它们，我就会想起我以前的残忍，这让我很难过。”

“真的，”凯特说，“我为你感到难过，虽然铁皮人不应该那样惩罚你。”

“他在嘀咕什么？”蛙人问道。

“他在跟我说话，但你听不懂他的话。”她回答说。然后她把摆渡人受到的惩罚告诉了他。最后她告诉摆渡人，他们想在他家借宿一晚，还想吃点东西。

摆渡人给了他们一些水果和面包，这是他仅有的食物，并让凯特睡在他小屋的一个房间里。他拒绝蛙人进入他的房子，说蛙人的存在让他倍感

痛苦和不安。他从来没有直视过青蛙，更别说直视蛙人了，他生怕这样做会流泪。于是蛙人只得睡在河岸边，整夜都能听到小青蛙在河里呱呱叫。但这没有让他失眠，反而更助他入睡，因为他意识到自己比它们优越得多。

第二天太阳升起时，摆渡人划船送他们过河——他一直背对着蛙人。上岸后，凯特向他道谢。道别后，摆渡人又划船回家了。

在河的这边，压根没有路，很明显他们已经来到温基一个人迹罕至的地方。他们南面是一片沼泽，北面是沙丘，东面是一片茂密的低矮灌木丛，一直延伸至前方的树林。向东走最容易，而那个方向也是他们本来决定要走的方向。

蛙人穿着带有红宝石鞋扣的绿漆皮鞋，他的脚又大又平，当他穿过灌木丛时，他的体重直接把灌木丛压平，为凯特开辟了一条可以跟随他走的坦途。因此他们很快就到了森林。森林的树木彼此相距甚远，但棵棵枝繁叶茂，树枝遮住了它们之间的所有空地。

“这里没有灌木丛，”凯特高兴地说，“所以我们现在可以更快、更舒适地旅行了。”

第十五章

淡紫色大熊

这真是一个令人愉悦的好地方，两个旅行者正迈着轻快的步伐向前走，突然一个声音喊道："站住！"

他们惊讶地环顾四周，起初什么也没有看到。接着，从一棵树后面走出来一只毛茸茸的棕熊，他的头刚好齐凯特的腰——凯特是个小个子女人。这只熊胖乎乎、圆鼓鼓的，腿和手臂似乎在膝盖、肘部处连在一起，并用别针或铆钉固定在他的身上。他的耳朵圆圆的，滑稽地伸出来，而他那双圆圆的黑眼睛像玻璃珠一样闪闪发光。这只小棕熊肩上扛着一把铁皮枪管的枪。枪管末端有一个软木塞，软木塞上系了一根皮带，皮带的另一端拴在枪把上。

蛙人和凯特都死死盯着这只古怪的熊，沉默了好一会儿。但蛙人终于从惊讶中回过神来，说道：

"我觉得你身体里塞满了锯末，不应该是活的。"

"那只是你认为。"小棕熊尖声回答，"我身体里塞满了质量最好的卷发，

我的皮肤用的是有史以来最好的长毛绒。至于我是否还活着，那是我自己的事，与你们无关——只有这把枪让我有幸说你们成了我的俘虏。”

“俘虏？你简直在胡说八道！”蛙人愤怒地说，“你以为我们害怕一个拿着玩具枪的玩具熊吗？”

“你应该害怕，”他们听到的是自信的回答，“因为我只是一个岗哨，把守通往熊城之路，熊城住着几百个我的同类，他们由一位叫淡紫色熊的法力非常高强的巫师统治。他是我们的国王，本应该是紫色的，但他只是淡紫色，当然和皇家的紫色也比较接近。除非你们作为我的俘虏和我和平相处，否则我会开枪，带来一百只大小不一、颜色各异的熊来抓你们。”

“你为什么要抓我们呢？”蛙人听了他的话后惊讶地问道。

“事实上，我也不想这么做，”小棕熊回答，“但我有职责，因为你现在侵犯了熊国国王陛下的领地。我也明白地告诉你们，在我们城里，一直以来一切都相当平静，俘虏你们后必将引起全城的振奋，接下来还会对你们进行审判和处决，那将会给我们带来很多乐趣。”

“我们蔑视你！”蛙人说。

“哦，别，别那样做。”凯特对她的同伴恳求道，“他说他的国王是个巫师，所以也许是他或他的一只熊，冒险偷走了我的镶钻金洗碗盆。我们去熊城吧，看看我的洗碗盆是否在那儿。”

“我现在必须再对你提出一项指控，”小棕熊说，显得很满足，“你刚刚诬告我们偷窃，这话说得太可怕了，我敢肯定，我们高贵的国王会下令处死你们。”

“可是你们怎么处决我们呢？”甜点师问道。

“我不知道。但是我们的国王是一位了不起的发明家，毫无疑问，他能找到一个合适的方法来杀死你们。所以，告诉我，你们是要拼命挣扎反抗呢，还是乖乖地去迎接你们的厄运？”

这些事都太荒谬了，凯特放声大笑，就连蛙人的大嘴也都笑弯了。两人都不畏惧去熊城，而且在两人看来，他们有可能在熊城找到丢失的洗碗盆。

于是蛙人说：“在前面带路吧，小棕熊，我们会乖乖跟在你身后的。”

“你们这样做很明智，非常明智，真的！”小棕熊说，“好——前进！”他下完令后立即转身，开始沿着一条林间小路蹒跚而行。

凯特和蛙人紧跟着这个向导，差点儿忍不住笑他那僵硬、笨拙的走路姿势，因为他的步子实在太小，他们不得不放慢脚步，以免撞到他。走了一会儿，他们来到森林中央一片宽阔的圆形空地，那里没有任何树桩或灌木丛。地面上覆盖着一层柔软的灰苔藓，踩上去很舒服。这片空地周围的所有树木似乎都是空心的，树干上都有圆洞，离地面有点高，除此之外，这个地方并没有什么特别之处。在两名囚犯看来，也没有任何迹象表明这儿有人住。但是小棕熊却用一种自豪而令人印象深刻的声音说：

“这就是一座以熊城而闻名的神奇城市！”

“可是这里没有房子，根本没有熊住在这里啊！”凯特叫道。

“哦，是吗！”俘虏他们的小棕熊讥讽地说，同时举起枪，扣动扳机。

只听“砰”的一声，软木塞从铁皮枪膛里飞了出去！瞬间，从空地内的每棵树的每个洞里，都探出了一个熊脑袋。它们的颜色和大小各不相同，但都和小棕熊的样子一模一样。

起初是一阵吼叫声，接着一个尖锐的声音喊道：“发生了什么事，瓦德尔下士？”

“是俘虏，陛下！”棕熊回答，“闯入我们领地，诋毁我们名誉的人！”

“啊，这可严重了。”那个声音回答道。

接着，一群毛绒熊从树洞里滚了出来，有的拿着铁皮剑，有的拿着玩具枪，还有的拿着长矛，长矛柄上系着鲜艳的丝带。他们一共有好几百个，很快就在蛙人和甜点师周围围成一圈，但和他们保持着一定的距离，给两名俘虏们留下了很大一块空地。

不一会儿，包围圈分开，一只可爱的淡紫色的大玩具熊走到圆圈的中央。他像其他所有的熊一样，用后腿走路，头上戴着一顶镶着钻石和紫水晶的铁皮王冠，一只手拿着一根闪闪发光的金属短权杖，看起来是银的，其实并不是。

“国王陛下！”瓦德尔下士喊道，所有的玩具熊都深深地鞠了一躬。有几只熊因弯腰太低，身体失去了平衡，摔倒在地上，但他们很快又爬了起来。淡紫色熊国王蹲坐在俘虏面前，用明亮的粉红色眼睛目不转睛地盯着他们。

砰

第十六章

粉红小熊

“一个人和一个怪物。”仔细查看了两名陌生人后，淡紫色大熊说。

“听到你说可怜的甜点师凯特是个怪物，我很难过。”蛙人抗议道。

“她是我说的那个人。”国王明确地说，“除非我弄错了，我说的怪物就是你。”

蛙人无语了，因为他无法否认。

“你们怎么胆敢闯入我的森林？”熊国王责问道。

“我们不知道这是你的森林。”凯特说，“我们正在前往翡翠城的路上。”

“啊，从这里到翡翠城路途遥远，”国王说道，“实在是太遥远了，我们中没有一只熊到过那里。有什么差事需要你跑这么远呢？”

“有人偷走了我镶钻的金洗碗盆，”凯特解释道，“因为没有它我无法幸福生活，所以我决定在世界各地寻找，直到找到它。这位蛙人学识渊博、聪明绝顶，自愿帮我，与我同行，他是一个好心人。”

熊国王看着蛙人。

“是什么让你如此聪明绝顶？”他问。

“我并不聪明。”蛙人坦率地回答，“甜点师和耶普的其他一些人认为，我是一只大青蛙，说话做事都像个人，想当然地认为我一定很聪明。我学到的东西比普通青蛙知道的要多一些，这的确是事实，但我并不太聪明，我希望在将来变得比现在聪明一些。”

国王点点头，他点头之时，胸膛里一直有什么东西吱吱作响。

“陛下刚才说话了吗？”凯特问。

“没有。”淡紫色熊似乎有些尴尬地回答，“你要知道，我的体格很强壮，当有什么东西碰到我的胸膛时，就像刚才我的下巴不小心碰到时那样，我会发出吱吱的声响。在这个城市，关注这件事是不礼貌的行为。但我喜欢你的蛙人。他诚实可靠，这是许多人无法比拟的。至于那只令你难过的洗碗盆，我待会儿就会让你看到。”

说完，他将握在手中的金属权杖挥了三下，顿时，在国王和凯特之间的空地上，出现了一个用黄金打造而成的又大又圆的洗碗盆。盆的顶部边缘还镶有一排小钻石，盆子中间则镶有另一排较大的钻石，底部是一排更大的璀璨钻石。它们都闪闪发光。这只洗碗盆又大又宽，用了大量的钻石才能在盆外绕三圈。

凯特瞪大了眼睛。

“哦哦哦！”她惊呼道，深深地吸了一口气。

“这是你的洗碗盆吗？”国王问道。

“是——是的！”甜点师叫道，冲上前去，双膝跪地，伸出双臂想抱住这只珍贵的洗碗盆。但是她的胳膊合在一起，没有碰到任何阻力。凯特试图抓住洗碗盆的边缘，但没有抓住任何东西。洗碗盆明明就在那儿，她想，因为她看得清清楚楚。但它并不是实物，她完全触摸不到。带着惊讶和绝望的呻吟，她抬起头看着熊国王，他正好奇地看着她的举动。凯特再次转向洗碗盆，却发现它已不见踪影了。

“可怜的人儿！”熊国王同情地喃喃道，“你一定以为真的找回了你的洗碗盆。但你看到的只是它的幻影，是我用魔法变出来的。它确实是一个

漂亮的洗碗盆，虽然很大、很笨拙，不便于搬运，但愿将来有一天你能找到它。

凯特无比失望，哭了起来，不停用围裙擦抹眼泪。

熊国王转向围着他的玩具熊群，问道："你们有人见过这个金色的盆子吗？"

"没有。"他们齐声回答。

国王似乎在思考什么。突然他问道："粉红小熊在哪儿？"

"在家里，陛下。"他们回答说。

"把它带到这里来。"国王命令道。

有几只熊摇摇晃晃地走到一棵树前，从树洞里拉出一只粉红小熊，它的个头比其他熊都小。一只大白熊把粉红小熊抱在怀里，把它放在国王跟前，调整好它双腿的关节，让它站立起来。

这只粉红小熊似乎没有生命特征，直到熊国王转动从它侧面伸出来的曲柄，这只小动物才僵硬地左右转动着头，用尖细的声音说道：

"熊城国王万岁！"

"很好，"淡紫色大熊说，"它今天表现很好。告诉我，我的粉红小熊，这位女士的镶钻洗碗盆怎么样了？"

"呜——呜——呜。"粉红小熊说着，突然停了下来。

国王再次转动曲柄。

"鞋匠乌古拿走了。"粉红小熊说。

"鞋匠乌古是谁？"国王又问，再次转动曲柄。

"住在山上的柳条城堡里的一个魔法师。"粉红小熊回答。

"这座山在哪里？"

"熊城东北方向十九英里。"

"那洗碗盆还在鞋匠乌古的城堡里吗？"国王问道。

"还在。"

国王转向凯特。"你可以相信这些信息，"他说，"粉红小熊可以告诉我们任何想知道的事情，而且他的话永远都是事实。"

45°×70

“他是活的吗？”蛙人问，他对粉红小熊很感兴趣。

“有某种东西赋予它生命——当你转动他的曲柄时。”国王回答道，“我不知道它是不是生命体，也不知道粉红小熊为什么能正确回答提出的每一个问题。我们很久以前就发现了它的天赋，每当我们想知道任何事情时，我们就问粉红小熊。毫无疑问，夫人，魔法师乌古拿走了你的洗碗盆，如果你敢去找他，也许能把它找回来。但我没有把握你能办到。”

“粉红小熊能告诉我吗？”凯特焦急地问道。

“不能，因为那是未来的事情。它只能说出任何已经发生的事情，但不知道尚未发生的事情。不要问我为什么，因为我也不知道。”

“好吧，”甜点师想了想，说道，“无论如何，我都打算去找这位魔法师，要回我的洗碗盆。希望我知道鞋匠乌古是什么模样。”

“那我就可以让你看到他，”国王说，“但不要害怕。记住，他不是真实的乌古，只有他的幻象而已。”

说着，他又挥动了金属权杖，圆圈中突然出现了一个瘦削的小个子男人，瘦得皮包骨，又很老迈，坐在柳条桌前的柳条椅上，桌子上放着一本带金扣的大书。书是打开的，那个人正在看书。他戴着一副大眼镜，眼镜用一条带子系在他眼前，带子绕过他的头，在他的脑后打了个结。他的头发雪白且稀少，他的皮肤紧紧地贴在骨头上，是棕色的，看起来很干枯，上面布满了皱纹。他的鼻子又大又肥，一对小眼睛紧紧地挨在一起。

鞋匠乌古绝不是一个看着顺眼的人。当他的形象出现在他们面前时，所有人都沉默不语地盯着看。后来，棕熊瓦德尔下士因为紧张扣动了他的扳机，只听“砰”的一声，软木塞猛地从铁皮枪膛里飞了出去，把大家吓了一跳。随着这声巨响，那个魔法师的幻象就消失了。

“啊！就是那个盗贼，是吗？”凯特怒气冲冲地说，“我想他会为自己偷了一个可怜女人的钻石洗碗盆而感到羞耻的！但我还是要在他的柳条城堡里面对他，让他归还我的宝贝。”

“哦，”熊国王若有所思地说，“他看起来好像很危险。我希望他不要太狠心，跟你争论这件事。”

蛙人被鞋匠乌古的幻象吓呆了，凯特决心去找魔法师，这让她的同伴充满了疑虑。但他不会违背他答应帮助甜点师的承诺，在深深地叹了口气后，他问国王："陛下能不能把这只会回答问题的粉红小熊借给我们，我们可以带它一起前往柳条城堡吗？它对我们很有用，我们会保证把它安全带回还给您的。"

国王没有立刻回答。他似乎在深思。

"求求您，让我们带着粉红小熊，"凯特恳求道，"我相信它会对我们有很大的帮助。"

"粉红小熊，"熊国王说，"是我拥有的最好的魔法，世界上没有像它这样的熊。我不愿让它离开我的视线，我也不想让你失望，所以我想我还是和你一起去，由我带着我的粉红小熊。上好它身体另一侧的发条后，它就可以行走了，只是走得又慢又笨拙，会耽误大家的行程。但如果我一起去，我可以把它抱在怀里，所以我自愿加入你的队伍。只要你准备好了，告诉我一声就行。"

"可是——陛下！"瓦德尔下士大声抗议道，"我希望你不要让这些俘虏不受惩罚就被释放。"

"你指控他们犯了什么罪？"国王问道。

"嗯，他们侵犯了你的领地，这是第一条。"棕熊说。

"我们不知道这是私人领地，陛下。"甜点师说。

"他们问我们是否有人偷了洗碗盆！"瓦德尔下士愤愤不平地继续说道，"这与称我们为贼、强盗和匪徒是一回事，不是吗？"

"每个人都有提问的权利。"蛙人说。

"但是下士说得很对，"淡紫色大熊说，"我现在判处你们俩死刑，从这一刻起十年后执行。"

"但我们属于奥兹国，没有人会死去。"凯特提醒他说。

"非常正确，"熊国王说，"我只是从形式上判你们死刑。这听起来很可怕，十年后我们就会忘记这一切。你准备好前往鞋匠乌古的柳条城堡了吗？"

“准备好了，陛下。”

“但是，当您不在的时候，谁来代替您统治呢？”一只大黄熊问道。

“在我离开的时候，我将亲自统治。”熊国王回答说，“国王不必永远待在家里，如果他想去旅行，那又关谁的事呢？我只要求你们在我外出去旅行时安分守己就行了。如果你们谁淘气，我会把他送到美国的某个女孩或男孩家做玩具。”

这可怕的威胁让所有的玩具熊都神色凝重。他们齐声叫喊着向国王保证，他们会乖乖听话。接着，淡紫色大熊抱起粉红小熊，小心翼翼地把它夹在一只胳膊下，说了声：“再见，等我回来！”随后，沿着通往森林的小路蹒跚而行。蛙人和甜点师凯特也向群熊道别，紧跟在熊国王后面，这让小棕熊感到非常遗憾，他扣动了扳机，软木塞蹦出枪膛，发出“砰”的一声响，作为告别礼。

第十七章

相　逢

就在蛙人一行人从西边向前时，多萝茜和她的队伍从东边走来，所以第二天晚上，他们都在离鞋匠乌古的柳条城堡只有几英里的一个小山上扎营。那天晚上，两方并没有见面，一方在山的西侧扎营，另一方则在西侧扎营。第二天早晨，蛙人认为他应该爬上小山，看看山顶上有什么，与此同时，碎布姑娘也决定爬上小山，看看是否能从山顶看到柳条城堡。她把头探向另一侧时，蛙人的头也出现在另一侧，两人都惊讶地保持不动，互相仔细打量对方。

碎布姑娘先从惊讶中回过神来，她跳了起来，翻了个筋斗，一屁股坐在地上，面对着蛙人。蛙人则缓步上前，坐在她对面。

“很高兴见到你，陌生人！”碎布姑娘喊道，“你是我在所有旅途中见过的最有趣的人。”

“你觉得我能比你更有趣吗？”蛙人问道，惊奇地看着她。

“我并不觉得自己有趣，”碎布姑娘回答道，“我希望自己也同样有趣。

也许你已经看惯了自己那荒谬可笑的形象，因此每当你在水池看到自己的倒影时，你都不会笑。”

“是啊，”蛙人认真地答道，“我不会笑。我曾经为自己的高大身材而自豪，并自以为文化高、受过良好教育而沾沾自喜，但是自从我在真话池洗过澡后，我就认为我这样做是不对的，我与其他所有的青蛙并没有什么不同。”

“不管对还是错，”碎布姑娘说，“与众不同就是出名。拿我来说吧，我和其他碎布姑娘一样，可在这里，我是唯一的一个。告诉我，你来自哪里？”

“耶普。”

“那地方是在奥兹国境内吗？”

“当然。”蛙人回答。

“你知道你们的统治者——奥兹国的奥兹玛，被劫走了吗？”

“我不知道我们有这么一个统治者，所以我当然不知道她被劫走了。”

“嗯，你应该知道。奥兹国的所有人，”碎布姑娘解释说，“都受奥兹玛统治，不管他们是否知道。她被人劫走了，你不生气吗？你不愤怒吗？你不知道的那位统治者，肯定是被人劫走了！”

“这也太奇怪了。”蛙人若有所思地说，“实际上，在奥兹国国土上，女王奥兹玛被劫走，大家似乎并不知道这回事，但我的一个朋友的镶钻金洗碗盆也被偷了。我和她一起从耶普远道而来，就是为了找回它。”

“我看不出奥兹国女王和洗碗盆之间有什么联系！”碎布姑娘声明。

“他们都不见了，不是吗？”

“是的。但是为什么你的朋友不能在另一个盆子里洗她的碗盘呢？”碎布姑娘问。

“那你们干吗不另立一个女王呢？我想你更喜欢那个失踪的女王，而我的朋友只想要她自己的那只洗碗盆，那盆是用金子做的，上面还镶嵌着钻石，还有魔法。”

“有魔法，啊！”碎布姑娘惊呼道，“无论如何，这两件事之间是有联系

的，因为无论是在翡翠城，或是在格琳达的城堡，还是在耶普，似乎奥兹国的所有魔法工具都被同时偷走了。这似乎太奇怪了，不是吗？”

“我们过去也是这样认为，”蛙人承认说，“但我们现在发现是谁偷走了我们的洗碗盆了。是鞋匠乌古。”

“乌古？天哪！我们认为劫走奥兹玛的就是那个魔法师。我们现在正前往这个鞋匠的城堡。”

“我们也是。”蛙人说。

“那请跟我来，快点！让我把你介绍给多萝茜和其他女孩，还有奥兹魔法师和其他所有人。”

她跳起来，抓住蛙人的大衣袖子，拉着他从山顶下来，到她所在的宿营地。在山脚下，蛙人惊讶地看着三个女孩、魔法师和闪亮扣，在他们周围是锯木马、瘦驴子、猢麒和胆小狮。一只小黑狗跑过来，嗅着蛙人的味道，却没有对他狂吠。

“我发现了另一伙被偷窃的人！”碎布姑娘回到他们中间后喊道，“这是他们的领头人，他们都要去乌古的城堡，与邪恶的鞋匠战斗！”

大伙儿饶有兴趣地打量着蛙人。发现所有的目光都集中在自己身上后，这位新来者整理了一下领带，把漂亮的背心抚平，像个十足的花花公子一样挥动着他的金头手杖。他的眼睛上戴着一副大眼镜，这让他的青蛙脸大为改观，使他显得很有学问，很有气派。多萝茜在奥兹仙境常常看见奇怪的动物，所以她看到这个青蛙人并不感到特别惊奇。她所有的同伴也是这样。托托想对他狂吠，但无法做到，但又不敢叫喊几声。锯木马轻蔑地哼了一声，狮子却低声对锯木马说：“对待陌生人要有耐心，我的朋友，记住，他和你一样，并不特别。事实上，比起锯木马，青蛙的体型更大更自然。”

之后，蛙人向他们详细讲述了凯特那只珍贵的洗碗盆丢失的事，以及他们寻找它的历险经历。当他讲到淡紫色熊国王和能告诉你想知道的一切的粉红小熊时，这些听众都渴望早点见到这些有趣的动物。

“我们两伙人最好联合起来，共克时艰，”魔法师说，“因为我们都肩负着同样的使命，作为一个团队，我们可能更容易对抗这位鞋匠魔法师。让我们携手成为盟友吧。”

“我会回去问问我的朋友们的。”蛙人回答说，然后爬过山去找凯特和玩具熊。碎布姑娘陪他一起去，当他们遇到甜点师、淡紫色大熊和粉红小熊时，很难说谁最感到惊讶。

“天哪！”凯特对着碎布姑娘喊道，“你怎么是活的？”

碎布姑娘盯着熊。

“天哪！”她也惊叫了一声，“你们和我一样，身体里都塞满了棉花，好像也是活的。这让我感到羞愧，因为我一直为我自己是奥兹国唯一一个填塞棉花的活人而自豪。”

“也许你是，”淡紫色大熊回答说，“因为我身体里装满了特别优质的卷发，粉红小熊也是。”

“你减轻了我内心的焦虑，”碎布姑娘现在说话更愉快了，“稻草人是用稻草塞的，你们是用卷发塞的，所以我还是原来的唯一塞着棉花的人！”

“我希望我能一直彬彬有礼，不去评论棉花和卷毛的优劣，”熊国王说，“尤其是你似乎对它很满意的时候。”

接着，蛙人就把如何见到翡翠城

那行人以及彼此之间的对话说了一遍，并强调魔法师邀请熊、凯特和他本人与他们一起前往鞋匠乌古的城堡。凯特听后显得特别高兴，但熊国王神色凝重。他把粉红小熊放在腿上，把曲柄转到一边，问道：

“我们和翡翠城的那些人交往安全吗？”

粉红小熊立刻回答：

“对你安全，对我也安全；也许对其他人并不安全。”

“‘也许’我们就不必担心，”熊国王说，“那就让我们加入他们的行列，为他们提供我们的帮助吧。”

然而，当他们翻过山坡时，看到对面是一群奇怪的动物和翡翠城的人后，就连淡紫色大熊也颇感惊讶。熊和凯特受到了热情的欢迎，尽管闪亮扣很生气，因为大伙儿不让他和粉红小熊一起玩耍。三个女孩非常喜欢玩具熊，尤其是粉红小熊，她们渴望拿着它。

“你们知道，”淡紫色熊国王并不让她们抱小熊，解释说，“它是一只非常珍贵的小熊，因为它的魔法在任何情况下都是正确的，尤其是在遇到困

难时。是粉红小熊告诉我们鞋匠乌古偷走了甜点师的洗碗盆。”

“而熊国王的魔法同样神奇，”凯特补充道，“因为它让我们看到了魔法师本人。”

“他长什么样？”多萝茜问。

“他太可怕了！”

“他正坐在一张桌子旁，查看一本巨大的书，书上有三个金扣子。”熊国王说。

“哦，那一定是格琳达的魔法记事簿！”多萝茜叫道，“如果是的话，那就证明是鞋匠乌古劫走了奥兹玛，并偷走了翡翠城的所有魔法工具。”

“还有我的洗碗盆。”凯特说。

魔法师补充说：“这也证明了他在跟踪我们的冒险旅行，因此他知道我们正在寻找他，而且我们决心不顾一切危险找到他并救出奥兹玛。”

“要是能顺利救出就好了。”猢麒补充道，但每个人都对他皱起了眉头。

魔法师的话说得一点没错，大伙儿的脸都变得非常严肃，直到碎布姑娘爆发出一阵笑声。

“如果他把我们也俘虏了，那岂不是一个有趣的笑话吗？”她说。

“除了疯疯癫癫的碎布姑娘，没有人会认为这是一个笑话。”闪亮扣抱怨道。

然后淡紫色熊国王问道：“你想见见这位可怕的鞋匠吗？”

“他不会知道吗？”多萝茜问道。

“不，我认为不会。”

说完，熊国王挥动他的金属权杖，在他们面前出现了乌古柳条城堡内的一个房间。房间的墙上挂着奥兹玛的魔法地图，前面坐着魔法师鞋匠。他们可以像他一样清楚地看到这幅图，因为它正对着他们，而图中就是他们现在坐在山坡上的他们所有人缩小了的形体。奇怪的是，图中的场景就是他们现在看到的场景，所以他们知道魔法师乌古此时正在注视着图中的他们。所以他很清楚，他在看他们的同时，他们也在看他。

像是证明这一点，乌古从座位上跳了起来，阴沉着脸看向他们。但是现在他看不到正在寻找他的旅行者，尽管他们仍然可以看到他。他的动作如此鲜明、确切，似乎他真的就在他们面前。

“它只是一个幻象，”熊国王说，“并不是真实的。只是它向我们展示了乌古的样子，并真实地告诉我们他在做什么。”

“不过，我并没有看到我失去的狂吠声。”托托似乎在自言自语。

接着，幻象逐渐消失了，除了周围的青草、树木和灌木丛，他们什么也看不见了。

第十八章

计　划

“那么，现在，”魔法师说，“让我们好好讨论一下这件事，然后决定当我们到达乌古的柳条城堡后该怎么办。毫无疑问，这个鞋匠是一位法力高强的魔法师，而他获得了魔法记事簿、魔法地图、格琳达的所有魔法秘诀和我那装有魔法工具的黑色手提包后，他的法力增强了近百倍。能够从我们手中偷走这些东西的人，以及拥有如此多魔法的人，不论怎么说，都是一个难以战胜的人。因此，在我们离他的城堡越来越近前，我们必须计划好下一步的行动。”

“我没有在魔法地图中看到奥兹玛，”特洛特说，“你猜乌古对她做了什么？”

“粉红小熊不能告诉我们他对奥兹玛做了什么吗？”闪亮扣问道。

“当然能，”淡紫色熊国王回答说，“我去问问它。”

于是他转动粉红小熊身上的曲柄，问道：“鞋匠乌古是不是劫走了奥兹国的奥兹玛？”

“是的。”粉红小熊回答。

“那他对她做了什么？”国王问道。

“把她关在一个黑暗的地方。”粉红小熊回答。

“哦，那一定是地牢！”多萝茜惊恐地叫道，“这太可怕了！”

“嗯，我们必须让她摆脱困境。”魔法师说，“这就是我们来的目的，当然我们必须救出奥兹玛。但是——怎么救呢？”

大家面面相觑，都想从别人那里得到答案，但大家都沉重、沮丧地摇着头。只有碎布姑娘除外，她依旧兴高采烈地在他们周围跳着舞。

“你们害怕了，”碎布姑娘说，“因为有很多东西可以伤害你的肉体。你为什么不放弃，而选择回家呢？你们又没有什么魔法，怎么可战胜一个魔法高强的魔法师呢？”

多萝茜沉思地看着她。

“斯克丽普丝，”她说，“你知道乌古不能伤害你，不管他做了什么；他也不能伤害我，因为我戴着矮子精国王的魔法腰带。我们两个一起去，让其他人在这里等我们，怎么样？”

“不行，不行！”魔法师肯定地说，“这绝对不行。奥兹玛比你们两个都强大，可她依然无法击败邪恶的乌古，并被他囚禁在地牢里。现在我们必须拧成一股绳，一起去找鞋匠，记住，团结就是力量！”

“这个主意非常高明。”淡紫色熊赞许道。

“可是找到乌古后，我们又能做些什么呢？”甜点师焦急地问道。

“不要指望这个重要问题会迅速得到答复，”魔法师回答，“因为我们必须首先计划好我们的行动路线。乌古当然知道我们在找他，因为他已经在魔法地图中看到了我们在寻找他。而且他已经将我们迄今为止所做的一切了然于胸。因此，我们不能指望会让他感到惊讶。”

“你们不觉得乌古会讲道理吗？”贝翠问，“如果我们向他解释他有多邪恶，你不认为他会放了可怜的奥兹玛吗？”

“也会把我的洗碗盆还给我？”甜点师急切地说。

“醒醒吧，醒醒吧，他难道会跪下来请求我们原谅吗？”碎布姑娘讥讽道，她翻了一个跟斗，表明她对这个建议的蔑视，“如果鞋匠乌古这样做，请敲门告诉我。”

魔法师叹了口气，一脸疑惑地揉了揉自己的光头。

“我敢肯定乌古不会对我们客气的，”他说，“所以我们必须用武力征服这个残暴的魔法师，哪怕我们不喜欢对任何人粗暴无礼。你们还没有一人提出可行的行动方案。粉红小熊能否告诉我们接下来该怎么做呢？”他转向熊国王问道。

“不能，因为那是未来发生的事情，”淡紫色熊回答，“他只能告诉我们已经发生的事情。”

大家的表情再次严肃起来，都陷于深思中。过了一会儿，贝翠犹犹豫豫地说：“汉克是一个勇敢的战士，也许他能打败魔法师。”

驴子转过头，责备地看着他的老朋友，那个小姑娘。

“谁能对抗魔法呢？”他问。

“胆小狮可以。”多萝茜说。

狮子正趴在地上，前腿张开，下巴搭在前爪上，听了这话，立马抬起毛茸茸的脑袋。

“只要不害怕，我可以战斗，”他平静地说，“但一提到打斗，就让我浑身颤抖。”

“乌古的魔法无法伤害锯木马。”小特洛特提醒说。

“可锯木马也无法伤害魔法师呀。”这只木头动物说。

“就我而言，”托托说，“我已经失去了狂吠声，真的无能为力了。”

“那么，”甜点师凯特说，“我们必须依靠蛙人。他非凡的智慧一定会告诉我们如何战胜邪恶的魔法师，并夺回我的洗碗盆。”

现在所有人都将带着疑惑的目光投向了蛙人。他挥动着金头手杖，调整好大眼镜，挺起胸膛，叹了口气，谦虚地说：

“对事实的尊重使我必须承认，关于凯特认为我智慧超群这一点是错误的。我并不比谁聪明，也没有战胜魔法师的经验，但我们可以一起研究这件事。乌古是什么人，魔法师又是什么人？很显然，乌古曾是一个鞋匠，他背弃了自己的职业，魔法师原本也是普通人，只是他学会了魔法，自认为自己比周围的人优秀。在这种情况下，鞋匠乌古可恶地偷走了许多原本不属于他的魔法工具和药剂，偷窃显然比做魔法师更邪恶。然而，尽管乌古掌握了那么多魔法技巧，且能随意使用，但他仍然是个人，是人肯定就有弱点，就有办法战胜他。你们肯定会问，怎样才能战胜他，是吧？请允许我实话实说，我也不知道。依我看，我们还是先到达乌古的柳条城堡，再决定如何行动。所以我们还是先进入城堡，看看它到底是怎么回事，也许就能知道该怎么办。”

“这番话也许谈不上多么高明，但还是颇有道理。”多萝茜赞许地说，“鞋匠乌古不仅是个普通人，而且是一个邪恶的人、残忍的人，我们理应打败他。在奥兹玛被解救出来之前，我们不能对他抱有任何怜悯。所以，我们还是赶紧去他的城堡，如蛙人所言，看看那地方到底怎么样。”

没有人反对这个意见。就在他们离开营地准备动身前往乌古城堡时，他们发现闪亮扣又不见了。女孩们和魔法师大喊他的名字，狮子吼叫，驴叫，蛙人呱呱叫，淡紫色熊咆哮（托托很羡慕，但他不能狂吠，而只能最响亮地叫上几声），但他们的声音也无法传到闪亮扣的耳中。于是，他们徒劳地寻找了整整一个小时后，大家排成一列，朝着鞋匠乌古的柳条城堡走去。

“闪亮扣总是走丢，”多萝茜说，“如果他不是每次都被找到，我可能非常替他担心。也许他走在我们前面了，或者已经回去了，但是，无论他在哪里，我始终相信，我们总能在某个时间、某个地方找到他。”

第十九章

鞋匠乌古

关于鞋匠乌古，有一件奇怪的事，那就是他从不怀疑自己是个邪恶的人。他一心只想成为一个魔力强大而且伟大的人，他希望自己成为奥兹仙境的最高统治者，让这个仙境的每一个人都服从他。他的野心使他对别人的权利视而不见，他认为如果有人也像他那么聪明，也会像他这样做。

当他在赫库城的小鞋店安家时，一直很不满足，因为鞋匠并不会受到多少尊重，而乌古知道他的祖先在过去几个世纪里都是著名的魔法师，他的家族是出类拔萃的。就连他的父亲也会施魔法，只是乌古还是个孩子时，他的父亲突然离开了赫库城，再也没有回来。所以，乌古成年后，被迫以制鞋为生，对祖辈的魔法一无所知。但有一天，他在他家的阁楼里翻找旧物时，发现了有关魔法配方的所有书籍和许多他家以前用过的魔法工具。从那天起，他不再做鞋，开始学习魔法。最后，他立志成为奥兹国最伟大的魔法师，一连几天、几个星期、几个月，他一直在酝酿一个计划：要让所有其他的魔法师和巫师，以及那些有仙术的人，都无法反抗他。

从他祖先的书中，他了解到以下事实：

（1）奥兹国的奥兹玛是翡翠城和奥兹国的仙女统治者，她无法被任何已知的魔法摧毁。而且，通过魔法地图，她能及时发现任何想征服这片国土的人靠近她的王宫。

(2) 善良的格琳达是奥兹国最强大的女巫，在她所拥有魔法宝库中有一本魔法记事簿，它告诉了她发生在世界任何地方的事情。这本记事簿对乌古的计划是致命的威胁，而且格琳达是奥兹玛的下属，自然会用她的魔法来维护女王的统治。

(3) 住在奥兹玛王宫里的奥兹魔法师，从格琳达那里学到了很多强大的魔法，并拥有一提包魔法工具，有了它，他能战胜鞋匠。

(4) 在奥兹国的耶普有一个由黄金制成的镶有钻石的洗碗盆，该盆子具有神奇的魔力。只要念一个咒语（乌古从书中学会了这个神奇的咒语），盆子就会变得足够大，大到足以装下一个人。然后，当他抓住盆子的两个金色把手时，盆子就能在瞬间将他带到奥兹国境内任何他想去的地方。

除了乌古以外，所有人都不知道这个神奇的洗碗盆的魔力。所以，经过长时间的研究后，鞋匠决定，如果他能设法弄到那只洗碗盆，他就可以用它来夺走奥兹玛、格琳达和奥兹魔法师的所有魔法，从而成为奥兹仙境魔法最强的人。

他要做的第一件事是离开赫库城，在山上为自己建造柳条城堡。他带着他的所有魔法书和魔法工具搬进城堡，花了整整一年，勤学苦练从他的祖先遗留下的书籍里学到的所有魔法。一年后，他已经能做许多神奇的事情了。

一切准备妥当后，他立即前往耶普，趁夜色悄悄爬上那座陡峭的山，进入甜点师凯特的房子，趁着所有的耶普人熟睡的时候偷走了她那只镶满

钻石的金洗碗盆。他把洗碗盆拿到屋外，放在地上，念出咒语。洗碗盆瞬间变得像洗澡盆那么大，乌古坐在里面，抓住两个把手。接着，他希望自己出现在好女巫格琳达的客厅里。

他眨眼间就到达了那里。他首先拿走那本魔法记事簿，把它放入洗碗盆里。接着，他进入格琳达的实验室，把她所有的珍贵的药剂和魔法工具拿走，全部放入洗碗盆里，他已让洗碗盆变得足够大，足以容纳他所盗的物品。接着，他坐在他偷来的财宝中间，希望自己出现在奥兹魔法师所在的奥兹玛王宫的房间里，那里放着他的魔法手提包。乌古把这个手提包加入他的战利品中，然后希望自己出现在奥兹玛的内宫里。

在这里，他先是从墙上取下魔法地图，然后将奥兹玛拥有的所有其他魔法物品都拿走，放入洗碗盆里。放好所盗物品后，就在他正要爬进盆里时，他抬头看到奥兹玛站在他身边。原来奥兹玛的仙女本能提醒她，危险正在威胁她，所以美丽的奥兹国女王从她的床上起来，刚离开卧室，就看见了窃贼。

乌古的大脑飞速转动，他明白，一旦让奥兹玛唤醒宫中的侍卫，他的全部计划和已盗得的成果立马会化为乌有。于是，他以迅雷不及掩耳之势用围巾捂住奥兹玛的头，不让她发出丝毫叫声，把她推进洗碗盆里，将她绑得严严实实，无法动弹。然后，他坐在她身边，默念咒语，希望自己回到柳条城堡里。就这样，洗碗盆带着所有东西瞬间来到那里。看着满屋的战利品，乌古得意扬扬地搓着手，他明白自己现在掌握了奥兹仙境内的所有重要的魔法，能强迫所有居住在仙境内的居民按照他的意愿行事。

他的这趟旅程完成得如此顺利，以至于这个强盗魔法师把奥兹玛锁在一个黑暗房间里，将她变成囚犯时，天还未亮，他还有时间整理他盗窃的赃物。第二天，他把魔法记事簿放在桌子上，把魔法地图挂在墙上，把偷来的所有药剂和魔法配方放进橱柜和抽屉里。随后，他开始擦洗和摆放魔法工具，这项工作让他无比快乐，甚是着迷。唯一让他不省心的是奥兹玛。这位奥兹国女王，如今成了阶下囚，她一会儿哭，一会儿责骂鞋匠，傲慢地威胁他要对他所做的邪恶行为进行严厉的惩罚。乌古有些害怕这个女囚，尽管他相信他已经夺走了她所有的魔法，事实也的确如此，于是他施展了一个魔法，让她远离他的视线。之后，他忙于其他事情，很快就忘记了她。

但现在，当他翻阅魔法地图，并阅读魔法记事簿时，鞋匠乌古才知道他将遭到挑战。有两支搜索队已经出发前来寻找他，并将逼迫他交出所盗窃来的东西。一支是奥兹国魔法师和多萝茜为首的队伍，另一支是凯特和蛙人。其他人也在搜索，但没有出现在正确的地方。不管怎样，这两伙人直奔柳条城堡而来，因此乌古开始计划如何用最好的方法对付他们。

第二十章

意外

就在两伙人联合起来的第一天，我们的朋友稳步地向鞋匠乌古的柳条城堡走去。夜幕降临时，他们在一个小树林里扎营，一起度过了一个愉快的夜晚，尽管有人担心，因为闪亮扣还没有找到。

“也许，”当动物们躺在一起过夜时，托托说，“这个偷了我的狂吠声、劫走了奥兹玛的鞋匠，又劫走了闪亮扣。”

“你怎么知道是鞋匠偷走了你的狂吠声？”猢麒问道。

“他偷走了奥兹国所有有价值的东西，不是吗？”小狗回答。

“也许他偷走了他想要的一切，”狮子同意道，“但是你的狂吠声有什么用呢？”

"嗯……"小狗慢慢地摇着尾巴说，"我记得那是一种美妙的狂吠声，轻柔、低沉，而且——而且——"

"而且还带着某种挑衅的意味。"锯木马说。

"所以，"托托继续说，"如果那个魔法师没有自己的狂吠声，他可能会想要我的，并偷走它。"

"而且，如果他偷了，他很快就会希望他最好没偷，"驴子说，"如果他劫走了闪亮扣，他也会后悔的。"

"你不喜欢闪亮扣吗？"狮子惊讶地问道。

"这不是喜欢不喜欢他的问题，"驴子回答说，"这是一个如何看住他，照顾他的问题。任何让大家如此担心的男孩，都不值得待在身边。我就从不走失。"

"如果你走失了，"托托说，"没人会担心。我认为闪亮扣是一个非常幸运的男孩，因为他总能被找到。"

"听着，"狮子说，"你们这么无休止的聊天让大家都无法入睡了，明天可能还要忙碌呢，去睡觉吧，别争吵了。"

"狮子朋友，"小狗反驳道，"如果我没有失去狂吠声，你现在会听到的。我有说话的权利，就像你有睡觉的权利一样。"

狮子叹了口气。

"要是在你失去了狂吠声的同时，也失去声音该多好，"他说，"这样你会成为一个更讨人喜欢的伙伴。"

所幸他们都安静了下来，很快整个营地都陷入了沉寂。

第二天早晨，他们早早地出发了，走了不到一个小时，他们就爬上一个高地。站在高地上，他们看到远处有一座低矮的山，山顶上矗立着乌古的柳条城堡。这座城堡不仅非常雄伟，而且相当漂亮，城堡的四面和圆顶都是用柳条紧密编织而成的，就像精美的摇篮一样。

"我真怀疑城堡是否结实……"多萝茜凝视着这座古怪的城堡，若有所思地说。

"我想很结实，毕竟这是由魔法师建造的，"奥兹魔法师回答，"有魔法保护，就算是纸做的城堡也能坚如磐石。这个乌古一定是个有想法的人，因为他行事的方式总是不同凡响。”

“是啊，别人也不会劫走我们亲爱的奥兹玛。”小特洛特叹了口气。

“我想知道奥兹玛是否真的在那里。”贝翠说着，朝柳条城堡的方向点了点头。

“她还能在哪里呢？”碎布姑娘问。

“我们还是去问问粉红小熊吧。”多萝茜建议道。

这似乎是个好主意，于是他们停下来，熊国王把粉红小熊抱在腿上，转动曲柄，问道：

“奥兹国的奥兹玛在哪里？”

粉红小熊回答：

“她在你们左侧半英里远的一个地洞里。”

“天哪！”多萝茜叫道，“这么说，她根本不在乌古的城堡里。”

“幸亏提前问了一下这个问题。”奥兹魔法师说，“如果我们能找到奥兹玛并救出她，我们就没有必要与那个邪恶而危险的魔法师战斗了。”

“确实！”凯特说，“那我的洗碗盆呢？”

看到奥兹魔法师一脸不解的表情，凯特又说：

“你们翡翠城来的人不是承诺过我们会团结在一起，如果我能帮你们营救出奥兹玛，你们就会帮我拿回我的洗碗盆吗？我不是给你带来了粉红小熊吗？它告诉你们奥兹玛藏在哪里了。”

“她说得很对，”多萝茜对奥兹魔法师说，“我们必须按照我们的承诺去做。”

“好吧，首先，让我们去营救奥兹玛，”奥兹魔法师提议道，“那样我们心爱的女王或许能告诉我们如何战胜鞋匠乌古。”

于是他们转身向左行进了半英里，来到了一个小而深的地洞前。所有人立刻冲到洞口往里探望，但他们并没有找到奥兹玛公主，而是看到了趴在底部睡觉的闪亮扣。

他们的叫声很快把男孩吵醒了，男孩坐起来揉了揉眼睛。等他认出他

的朋友后，甜甜地笑着说：“又找到了！”

“奥兹玛在哪里？”多萝茜焦急地问道。

“我不知道。”洞深处的闪亮扣回答，“你可能记得，昨天我迷路了，在夜里，当我在月光下四处游走，试图找到回到你们身边的路时，突然我就掉进了这个深洞里。”

“那时奥兹玛在里面吗？”

“里面除了我没有其他人。洞的四壁太陡了，我爬不上去，所以除了睡觉，我什么都做不了，只能等有人找到我。谢谢你们来了。如果你能放下绳子，我会尽快出来。”

“太奇怪了！”多萝茜大感失望，“很显然，粉红小熊没有告诉我们真相。”

“它从不会出错。”淡紫色熊国王肯定地说。接着，他再次转动粉红小熊的曲柄，问道：“这就是奥兹国的奥兹玛所在的地洞吗？”

“是的。”粉红小熊回答。

“这就一清二楚了，”国王肯定地说，“你们的奥兹玛就在这个地洞里。”

“别傻了，”多萝茜不耐烦地回答，“就连你那双炯炯有神的眼睛也能看出，除了闪亮扣，地洞里没有别的人。”

“也许闪亮扣就是奥兹玛。”熊国王提醒道。

“他不可能是！奥兹玛是个女孩，闪亮扣是个男孩。”

“你的粉红小熊一定出毛病了，”奥兹魔法师说，“至少这一次，他做出了错误的判断。”

熊国王被这番话气得转过身去，把粉红小熊抱在怀里，拒绝再谈此事。

“不管怎样，”蛙人说，“粉红小熊把我们带到了你们的男孩朋友这里，你们才能救出他。”

碎布姑娘靠在洞上，探着身子拼命在洞里找奥兹玛，结果她失去平衡，一个倒栽葱，掉进了洞里。她摔在闪亮扣身上，把他撞翻在地。还好她全身填充的是软绵绵的棉花，所以并没有对闪亮扣造成伤害。闪亮扣并不介意，只是嘲笑了几声。魔法师将几根皮带扣在一起，将带子的一端放入洞

里，很快，碎布姑娘和男孩都爬了上来，安全地站在其他人旁边。

他们再次寻找奥兹玛，但洞底已空空如也。那是一个圆形的洞，从上面可以清楚地看到它的每一个角落。

在他们离开之前，多萝茜去找熊国王说：“很抱歉，我们无法相信粉红小熊的话，但我们不想因为怀疑它而让你难过。一定是哪里出错了，我们可能没有明白粉红小熊说的意思，你让我再问他一个问题好吗？”

淡紫色熊国王是一只脾气很好的熊，他接受了多萝茜的道歉，再次转动小熊身上的曲柄，允许小女孩再问他。

“奥兹玛真的在这个洞里吗？”多萝茜问。

“不在了。”粉红小熊说。

这个回答让所有人都感到惊讶。就连熊国王现在也对它自相矛盾的陈述感到困惑不已。

“她现在在哪儿？”熊国王问道。

“在你们中间。”粉红小熊回答。

“嗯,”多萝茜说,“这完全把我搞晕了!我猜粉红小熊是不是已经疯了。”

“也许,”碎布姑娘说,她在这群弄得晕头转向的人群周围快速做着侧身翻,“奥兹玛难道成了隐形人?”

“没错!”贝翠叫道,“这样一切就解释通了。”

“嗯,一个人即使隐身了,也还是可以说话的。”魔法师环顾四周,严肃地说道,“奥兹玛,你在吗?”

没有回复。多萝茜也问了这个问题,闪亮扣、小特洛特和贝翠也问了,但谁也没有收到任何答复。

第二十一章

魔法大决战

奥兹魔法师的建议很好，所以他们又开始朝那座低矮的山走去，山顶上坐落着乌古的柳条城堡。他们一步步向山顶爬去，现在这个高地看起来更像是一个圆丘，而不是山顶。然而，圆丘的四面是斜坡，遍布绿草，所以前面还有一段艰险的山路。

他们毫不畏惧地蹒跚前行，眼见即将到达圆丘顶部，突然发现山丘被一圈火焰包围着。起初，火焰只是刚刚冒出地面，但很快就越来越高，直到变成一圈比他们的头顶还高的熊熊火焰圈，将柳条城堡所在的小山团团围住。当他们接近火焰时，热浪烫得他们纷纷退了回来。

“这对我来说就是天堑！”

碎布姑娘惊呼道，“我很容易着火。”

“这对我也是。”锯木马咕哝着，跳到后面。

“我也特别容易着火。”熊国王说着，跟着锯木马走到安全的地方，手里抱住了粉红小熊。

“我不认为那个愚蠢的鞋匠用这些大火就能阻止我们，”奥兹魔法师露出轻蔑的冷笑，“我可以告诉你们，这只是这个贼盗从善良的格琳达那里偷来的一个简单的魔法，幸运的是，我知道如何生出这些火焰以及如何扑灭它们。你们谁愿意借给我一根火柴？”

女孩们都没有携带火柴，蛙人、凯特和动物们也没有，但闪亮扣在仔细翻看口袋（里面装着各种有用的和没用的东西）后，最后找到出一根火柴递给奥兹魔法师。魔法师把它绑在他从一棵小树上扯下来的树枝上。接着，小个子魔法师小心地点燃火柴，向前奔跑，将火柴扔进最近的火焰中。刹那间，火圈开始消散，很快就彻底熄灭，为他们空出前进的道路。

“太有趣了！”闪亮扣笑道。

“是的，”魔法师说，“一根小火柴就可以扑灭这么大的火圈，这似乎很奇怪。格琳达当时发明这个魔法时，她认为没有人会想到用一根火柴来扑灭火圈。我想甚至乌古也不知道我们是如何扑灭这道他苦心设置的火焰墙的，因为只有我和格琳达知道其中的秘密。乌古偷去的格琳达的魔法书告诉他如何制造火焰，但没有说如何熄灭。”

现在，他们列队前行，继续爬山坡。但没走多远，就在他们面前升起了一道钢墙，墙面密密地布满了像匕首一样闪闪发亮的尖刺。钢墙严严实实地把柳条城堡围住，尖刺阻止了任何人攀爬。就算是碎布姑娘，如果胆敢尝试，恐怕也会被撕成碎片。

“啊！”小个子魔法师兴高采烈地叫道，“乌古现在正在用我的魔法来阻挡我。但这比那道火篱要难应付得多，因为对付这道钢墙的唯一方法就是到达它的另一边。”

“这怎么可能？”多萝茜问。

魔法师若有所思地环顾着他的伙伴，神情变得焦虑起来。

“这堵墙太高了，”他悲伤地说，“我敢肯定，胆小狮也跳不过去。”

“我也这么认为！”狮子吓得浑身瑟瑟发抖，“如果我愚蠢地尝试的话，我会被那些可怕的尖刺戳伤的。”

“我想我能做到，先生。”蛙人鞠了一躬，“这只是一种上坡跳，也就是一种跳高，我在耶普时，我的朋友们认为我是一个优秀的跳跃者，相信我奋力一跃，就能跳到墙的另一边。”

“我保证他能做到。”甜点师同意说。

“你知道，跳跃是青蛙的本能。”蛙人谦虚地继续说道，“不过，你得告诉我，到达墙的另一边后，我该怎么做。”

“你真是一个勇敢的动物。”魔法师钦佩地说，“谁有别针？”

贝翠有一枚，递给了他。

“你需要做的，”魔法师把别针给了蛙人，说，“就是把别针插到另一边的墙里。”

“那可是堵钢铁墙啊！”蛙人惊叫道。

“我知道，至少它看起来是钢的。不过照我说的做吧。把别针插进墙里，它就会消失的。”

蛙人脱下他帅气的外套，小心翼翼地叠好放在草地上。然后脱下帽子，连同他的金头手杖一起放在外套旁边。接着，他往回退了几步，连续快速地进行了三次有力的跳跃。前两次跳跃他就来到钢墙前，第三次跳跃他直接越过那堵墙，这让大家惊讶不已。眨眼间，他消失在墙后，他遵从魔法师的吩咐，将别针插入墙里。刹那间，巨大的钢墙屏障消失了，大家看到了蛙人的身影，蛙人走到他的外套那儿，重新穿上。

“我们太感谢你了！”兴奋的魔法师说，“这是我见过的最美妙的跳跃，这使我们免于被敌人打败。现在趁鞋匠乌古还没有想出其他办法阻止我们之前，赶紧进入柳条城堡。”

“到目前为止，我们一定让他感到非常惊讶。”多萝茜说。

“是的，没错。这家伙知道很多魔法——我们所有的魔法，加上他自己的。”魔法师回答，“所以，如果他的聪明程度达到应有的一半，我们还会遇到麻烦。”

他话音刚落，一队士兵就从柳条城堡的大门冲了出来，她们穿着华丽的制服，手持长矛和锋利的战斧。这些士兵都是女孩子，制服是黄黑相间的缎子短裙、金鞋，额头上箍着金带子，脖子上戴着闪闪发光的珠宝项链。她们的外套是猩红色的，用银线缝制而成。这些女兵足足有数百人，外表强壮而凶狠，美丽的外表也难掩可怕的杀气。她们围着城堡站成一圈，面朝外，长矛指向入侵者，战斧扛在肩上，随时准备砍杀。

我们的朋友们立刻停下了脚步，因为他们没料到会有这么多可怕的士兵。魔法师颇感困惑，他的同伴们也都露出沮丧的眼神。

“我没料到乌古还有这样一支军队。”多萝茜说，“这座城堡看起来不够大，应该无法容纳那么多人。”

“是啊。”魔法师说。

“但她们到底是从哪里走出来的呢？”

“她们似乎是——反正我不相信这是一支真正的军队。如果鞋匠乌古有这么多人和他住在一起，我相信赫库国王会向我们提及此事。”

“她们只是一群女孩而已！”碎布姑娘笑道。

“女孩是最凶猛的士兵，”蛙人宣称，“他们比男人更勇敢，也更坚强。这可能就是魔法师将她们用作士兵并派她们来迎战我们的原因吧。”

没有人反驳这一说法，所有人都死死盯着那一排士兵，现在她们已经做好了攻击的姿态，却仍然一动不动。

“这对我来说只是一个新的魔法。”过了一会儿，魔法师说，“我不相信这支军队是真实的，但长矛可能锋利到足以刺伤我们，所以我们必须多加

小心，花点时间考虑如何应对这个困难。”

就在大家苦苦思索之时，碎布姑娘一下子跳到女兵队伍跟前。她的纽扣眼有时比伙伴们的普通眼睛看得更仔细，她在死死盯着乌古的这支军队看了一会儿后，英勇无惧地走上前，欢快地跳着舞径直穿过这支看起来气势汹汹的军队。到了另一边后，她挥舞着塞满棉花的手臂，喊道：

“过来吧，伙计们。这些长矛和大斧不会伤害你们的。”

“啊！”魔法师兴高采烈地说，“跟我想的那样，这是一种幻觉。我们都跟着碎布姑娘走过去吧。”

三个小姑娘试着穿过长矛和战斧时，难免有些紧张，但待其他人安全通过后，她们还是勇敢地跟了过去。而且，当所有的人都穿过娘子军后，这支军队就神奇地消失了。

到目前为止，我们的朋友一直在爬山，离柳条城堡也越来越近。他们继续前进，预计会有别的东西挡住他们的去路，但令他们惊讶的是，什么也没有发生。很快，他们就抵达柳条城堡的门口，城门敞开着，一行人大摇大摆地走入了鞋匠乌古的领地。

第二十二章

柳条城堡

奥兹魔法师和他的伙伴们刚刚跨入城堡的大门，大门就哐啷一声关上了，沉重的栅栏落了下来。他们不安地面面相觑，但谁也不愿谈论这件事。如果他们真的被囚禁在柳条城堡，很明显他们必须找到一条逃生之路。但他们的首要职责是完成此行的重任——找到奥兹玛。他们认为她已是鞋匠乌古的俘虏，要营救她出去。

他们进入了一个方形庭院，院内有一个入口直通城堡的主楼。到目前为止，还没有人来迎接他们，只有一只漂亮的孔雀栖息在墙上，咯咯地笑着，用尖锐刺耳的声音叫着："可怜的傻瓜！可怜的傻瓜！"

"我希望孔雀弄错了。"蛙人说，但其他人都没有理会这只鸟。他们对这里的寂静和荒凉多少有点害怕。

城堡主楼的大门竟然敞开着，一行人刚进门，大门就在他们身后关闭，巨大的门闩立即闩上。动物们也都随同进了城堡，因为他们觉得分开会很危险。他们沿着曲折的通道转来转去，最后进入了一个巨大的中央大厅。

大厅呈圆形，高高的穹顶上悬挂着一盏巨大的枝形吊灯。

奥兹魔法师第一个走了进去，多萝茜、贝翠和特洛特紧随其后也走了进去，托托跟在他的小主人后面。接着是狮子、猢麒和锯木马，再后面是甜点师凯特和闪亮扣，然后是抱着粉红小熊的熊国王，最后是蛙人和碎布姑娘，驴子汉克跟在后面。他们在入口处聚集在一起。

在圆顶大厅的一端有一块高台，台上摆着一张笨重的桌子，桌上面放着格琳达的魔法记事簿。但是高台牢牢地固定在地板上，桌子则固定在高台上，而那本书也牢牢地被链条拴在桌子上——就像它被拴在格琳达的城堡时一样。桌子上方的墙上挂着奥兹玛的魔法地图。大厅对面有一排架子，上面放着所有从格琳达、奥兹玛和奥兹魔法师那里偷来的化学药剂，以及所有偷来的魔法工具。架子用玻璃门锁着，谁也无法直接拿走里面的东西。

大厅远处的一角坐着鞋匠乌古，他的双脚懒洋洋地伸展着，骨瘦如柴的双手抱在脑后。他悠闲地向后靠着，平静地抽着一根长烟斗。这个邪恶的魔法师周围有一个笼子，似乎是用金栅栏做成的，在他的脚下——也在笼子里——放着甜点师凯特一直以来寻找的镶钻洗碗盆。

但哪儿也不见奥兹玛公主。

"好吧，好吧。"当一群外来者默默地在门口站了一会儿后，乌古边说，边仔细打量他们，"我向你们保证，这是我期待的一件趣事。我知道你们会来，也知道你们为什么会来。你们并不受欢迎，因为你们中的任何一个人都不能为我所利用，但既然你们坚持要来，我希望你们下午的来访尽可能简短。与我谈你们的事不用花太长的时间。你们会向我索要奥兹玛，我的回答是你们可以来找她——如果能找到的话。"

"先生，"魔法师用责备的口吻回答，"你是一个非常邪恶残忍的人。你偷了这个可怜的女人的洗碗盆和奥兹国所有最好的魔法，你自认为会变得比我们所有人都强大，我们无论是现在还是在将来都不能战胜你。"

"是的，"鞋匠乌古一边说，一边慢慢地从他身边的银罐里取出的新鲜烟丝填进他的烟斗，“我的确是这么想的。你们向我要那个曾经的奥兹国女王，这对你们没有好处。因为我不会告诉你们我把她藏在哪里——而且你们就是花一千年也无法猜到。我也不会将我获得的任何魔法还给你们，我没那么傻。请你们记住这一点：从今以后，我自己要做奥兹国的统治者，所以我劝你们在与你们未来的君主说话时小心点。”

“奥兹玛仍然是奥兹国的女王，无论你把她藏在哪里。”小个子魔法师宣称，“记住这一点，可怜的鞋匠：我们会及时找到她，并营救出她的，但我们的首要职责是战胜你，惩罚你的罪行。”

“很好，那就来吧。”乌古说，“我倒真想看看们你们怎么做到。”

虽然魔法师的话十分强硬，但他现在完全不知道如何战胜眼前这个邪恶的魔法师。那天早上，他从他的瓶子里倒了一剂大力剂给蛙人，蛙人答应，如果有必要，他会打一场硬仗。但魔法师知道，单靠力量是无法战胜魔法的。玩具熊国王似乎会一些相当不错的魔法，此时，小个子魔法师很想依赖这些魔法。但现在必须有所行动，可我们的魔法师却不知该干什么。

就在小个子魔法师苦苦思索这个令人费解的问题，而他的伙伴站在原地静静看着他时，一件诡异的事情发生了。他们所站立的圆顶大厅的地板突然开始倾斜。地板变成了一个斜面，而且坡度变得越来越大。不一会儿，他们全都滑到了他们身下的墙壁上。事情变得很明显，整个大厅都在缓慢地倒转！只有鞋匠乌古，依然端坐他的金栅栏笼子里，这个邪恶的魔法师似乎饶有兴致地欣赏这群受害者的惊恐模样。

起初，他们都滑到他们身下的墙上，但随着大厅继续翻转，他们又滑下墙壁，落在拱形圆顶的底部，撞到巨大的枝形吊灯，而此时，吊灯也像其他东西一样倒挂着。

突然，转动停止了。他们抬头望去，只见乌古悬浮在曾经在地板上的笼子那里。

“啊！”他冲着他们咧嘴一笑说，“胜利的方法就是行动，行动快的人一定会赢。这是一座很好的监狱，我相信你们是逃不掉的。你们可以尽情地自娱自乐，只要你们自己喜欢就行，但我必须请你们原谅，我还有其他事情要办。”

说着，他打开笼子地板上的一扇活板门（现在笼子就在他头上），爬了进去，很快从他们眼前消失。镶钻洗碗盆仍然留在笼子里，但金栅栏挡住了它，不让它落掉下来砸在他们头上。

“哦，我宣布！”碎布姑娘一把抓住枝形吊灯的一根横枝，在上面荡来荡去，“我们必须稳住才能对付可恶的鞋匠，他很巧妙地把我们困住了。”

“别压着我的脚。”狮子对锯木马说。

“劳驾，驴子先生，”猢麒说，“把你的尾巴从我的左眼上挪开。”

“这里太拥挤，”多萝茜解释说，“因为拱形顶是半球形的，我们都滑到了圆顶的中央。但我们得尽可能保持平静，直到想出好的办法。”

“哎呀，哎呀！”凯特哭了起来，“要是能够到我心爱的洗碗盆就好了。”她渴望地把双臂举起。

“但愿我能拿到上面的架子上的那些魔法工具。”小个子魔法师叹了口气说。

“你不觉得我们能做到吗？”小特洛特焦急地问道。

“我们得飞过去。”碎布姑娘笑道。

不过，魔法师认真考虑了这个建议，蛙人也是。他们商量了一下，很快就想出一个办法。首先，蛙人靠在圆顶上，用脚撑在枝形吊灯的灯杆上。然后魔法师爬到他身上，躺在圆顶上，双脚搭在蛙人的肩膀上。接下来是甜点师和闪亮扣爬到他肩膀上，再是多萝茜爬上去，再接着是贝翠和小特洛特，最后是碎布姑娘。他们的身体拼接成一条长梯，一直延伸到高高的圆顶之上，但还不足以让碎布姑娘够到架子。

“等一下，也许我爬上去就行了。”熊国王喊道，然后开始爬上其他人的身体。但当他爬到甜点师身上时，他柔软的爪子挠到了她的侧身，以至于她的身体扭动了一下，结果搅动了整个人梯。他们全掉下来，撞在动物们身上，虽然谁也没受什么伤，但大伙儿乱成一团。在底部的蛙人差点儿发火，他好不容易才重新站起来。

凯特断然拒绝再尝试所谓的“叠罗汉”，现在魔法师确信他们无法用这种方式够到魔法工具，于是也放弃了尝试。

“但我们必须做点什么。”魔法师说，然后转向淡紫色大熊问道，“陛下的魔法不能帮助我们逃离这里吗？”

“我的魔力有限。”熊国王回答说，“当我被填塞的时候，仙女们站在一旁，偷偷往我的填充物里放了一些魔法，所以我可以施展我体内的任何魔法，仅此而已。而你是个魔法师，你应该无所不能。”

“陛下忘记了我的魔法工具被偷了，”魔法师悲伤地说，“没有魔法工具的魔法师就像没有锤子和锯子的木匠一样无能为力。”

“不要放弃！”闪亮扣恳求道，“如果我们不能逃离这个诡异的监狱，我们都会饿死的。”

“不包括我！”站在枝形吊灯顶部的碎布姑娘笑着说，这原本是它的底部。

“别谈这么可怕的事情，”特洛特颤抖着说，“我们是来抓鞋匠的，不是吗？”

“而我们在这里，全被困住了，洗碗盆就在这儿，一目了然！”甜点师哭了，用蛙人外套的衣角擦拭眼泪。

“嘘！”狮子低沉地吼叫着，“给魔法师一点时间思考。”

“他有很多时间，”碎布姑娘说，“他需要的是稻草人的大脑。”

最后，竟然是小多萝茜救了大家，她能够救大家，这让她自己和她的朋友们都感到惊奇。自从踏上这趟不寻常的艰难之旅后，多萝茜一直在暗中测试她的魔法腰带的力量，这条腰带是她从矮子精国王那里赢来的，她用各种各样的方法来试验它。在各种时候，她悄悄地离开她的同伴，独自试图找出魔法腰带能做什么，不能做什么。她发现，有很多事情是它不能做的，但她知道了魔法腰带的一些用法，就连她的朋友们也不知晓她知道这些秘密。

比如，她记得矮子精国王拥有魔法腰带的时候，魔法腰带能实现变身。经过努力回忆，她终于想起了变身的方法。然而，比这更奇妙的是发现魔

法腰带每天可以满足佩戴者一个愿望。她需要做的就是闭上右眼，扭动左脚的大脚趾，然后深吸一口气，许下她的愿望。昨天，她偷偷试了一下，想要一盒糖，一瞬间，她身边就出现了一个糖盒。今天她还没许愿呢，就是以防万一她在紧急情况下需要它。现在是时候了，她要利用这个愿望帮助她和她的朋友们逃出乌古困住他们的监狱。

于是，她没有告诉任何人她打算做什么——因为她只用过它一次，还不确定魔法腰带的威力到底有多大。多萝茜闭上右眼，扭动左脚大脚趾，深吸一口气，尽她所能说出她的愿望。下一刻，房间又开始转动了，和以前一样缓慢。慢慢地，他们都滑到了侧面墙上，接着顺着墙滑到了地板上——除了碎布姑娘，她惊呆了，还紧紧地抓着枝形吊灯，吊在灯下。等大厅恢复原位，其他人都稳稳地站在大厅的地板上时，远远地望向拱顶，看到碎布姑娘悬在吊灯下荡来荡去。

“天哪！”多萝茜叫道，“你怎么没有下来？”

“大厅不再一直转动了吗？”碎布姑娘问。

“我想它永远停住了。”多萝茜说。

“那么你们散开些，以免我掉下来撞痛你们！”碎布姑娘喊道。大家听从她的要求后散开，她就松开手，从吊灯上翻滚下来。砰！她重重跌落在地板上，他们跑向她，左右拍打她，重新把她拍回原形。

第二十三章

乌古的挣扎

碎布姑娘这么一闹，耽搁了宝贵的时间，大家都忘了跑到架子上去取他们迫切需要的魔法工具了。就连凯特也因为盯着碎布姑娘，忘了去拿她盼望已久的镶钻洗碗盆了。等他们回过神来，那个邪恶的魔法师已经打开活板门，重新出现在金栅栏笼内。他愤怒地皱起了眉头，因为这群俘虏竟然能把颠倒的大厅翻转过来恢复原状。

“是谁胆敢违抗我的魔法？”他用可怕的声音尖叫道。

“是我。”多萝茜平静地回答。

“那我就消灭你，你只是一个普通的地球女孩，不是仙女。”他说着，嘴里开始念念有词。

多萝茜明白，必须将乌古视为

可怕的敌人，于是她走向他坐的角落，同时说："我不怕你，乌古先生，我想你很快就会后悔，你是个邪恶之人。你无法消灭我，我也不愿消灭你，但我要因你的恶行惩罚你。"

乌古哈哈一笑，笑得非常难听，然后挥了挥手。多萝茜走到房间的一半时，突然一堵玻璃墙在她面前升起，阻挡了她的去路。透过玻璃，她看到魔法师乌古正冲她冷笑，这下彻底激怒了多萝茜，尽管玻璃墙迫使她不得不停下脚步，但她还是立即将双手按在了自己的魔法腰带上，大声喊道：

"鞋匠乌古，以魔法腰带的魔力，我要你变成一只鸽子！"

这个邪恶的魔法师顿时意识到自己中了魔法，因为他能感觉到自己的身体发生了变化。他拼命地挣扎着，嘴里不停地念叨着咒语，并用双手做着魔法动作，试图同他身上中的魔法抗争。从某种意义上说，他成功地挫败了多萝茜的目的，因为虽然他的身体很快变成了一只灰鸽子，但这只鸽子的体型很大——甚至比乌古是人的时候还要大。在魔力还没有完全离开他之前，他已完成了这一壮举。

显然，这只鸽子并不像普通鸽子那样温顺，因为魔法师乌古对小女孩的胜利感到无比愤怒。可惜他的书籍中没有告诉他任何关于矮子精国王的魔法腰带的事情，毕竟地下的矮子精王国在奥兹国土之外。但他知道，如果不展开一番激烈的拼争，他很快就会被击败，所以他展开双翼，腾空而起，直接朝着多萝茜飞去。乌古变身的瞬间，玻璃墙随之消失了。

多萝茜本打算命令魔法腰带将乌古变成一只和平鸽，但由于她过于激动，只说了声"鸽子"，忘了说其他的词了。现在乌古无论如何都不是一只和平鸽，而是一只充满邪恶的鸽子。由于他的体型庞大，因此他锋利的喙和爪子非常危险，但当他伸出爪子，张开剑一般的喙朝她冲过来时，多萝茜一点儿也不害怕，她知道魔法腰带会保护佩戴者免受伤害。

但蛙人不知道这个秘密，看到小姑娘身处危险之中，非常震惊。于是他猛地一跃，整个人跳到了巨鸽的背上。

双方展开了一场殊死搏斗。那只鸽子像乌古还是人时那样强壮，个头也比蛙人大得多。但是蛙人吃了大力剂佐索佐后，像乌古一样强壮有力。

他第一次跳跃就把鸽子死死压在地板上，这只巨鸟挣脱后，开始疯狂抓咬蛙人，一看到蛙人试图站起来，就会用它的大翅膀把他打倒。蛙人厚实坚韧的皮肤不易损伤，但多萝茜担心她的斗士，于是再次使用魔法腰带的变形能力，这回她让鸽子变小，直到它变得只有金丝雀那么大。

鞋匠乌古在失去人形的时候并没有失去魔法知识，他现在意识到对抗魔法腰带的力量是毫无胜算的，自己逃跑的唯一希望就是速度快。于是他疾速飞进了他从甜点师凯特那里偷来的镶钻洗碗盆里，因为在奥兹仙境里，鸟儿能像人一样会说话，因此他喃喃自语，念着神秘的咒语，并希望自己到达奥兹国奎德林领地——他相信这是他能到达的距离柳条城堡最远的地方。

我们的朋友当然不知道乌古要做什么。他们只见洗碗盆微微一抖，然后就立即消失了，鸽子也随之不见了。虽然他们满心期待着魔法师乌古回来，但等了好一阵子，乌古也没有再回来。

“在我看来，”魔法师愉快地说，“我们战胜邪恶魔法师的速度比我们预期的要快得多。”

“别说‘我们’——是多萝茜战胜的！”碎布姑娘叫道，连续翻了三个跟头，然后用手撑着地走来走去，“多萝茜万岁！”

“我记得你说过你不会使用矮子精国王的魔法腰带。”魔法师对多萝茜说。

“我那时的确不会，”她答道，“但后来我想起了矮子精国王曾经用魔法腰带来给别人施展魔法，把他们变成装饰品和类似的东西。所以我悄悄尝试了几次魔法，我曾把锯木马变成了捣锤，然后又把他变回来了，还把胆小狮变成小猫，再复原了，这样我就知道了这条魔法腰带的用法。”

“你什么时候施法的？”魔法师备感惊讶。

“一天晚上。除了碎布姑娘，你们其他人都熟睡后，而碎布姑娘又去追逐月光玩了。”

“嗯，”魔法师说，“你的发现确实为我们省去了很多麻烦，但我们也必须感谢蛙人这么英勇地战斗。鸽子的外形下藏有乌古邪恶的性情，这使得这只巨鸟十分危险。”

蛙人原本有些很伤心，因为巨鸟的利爪已经撕破了他漂亮的外衣，但面对这当之无愧的赞美，他神气十足地鞠了一躬。只有凯特蹲在地板上，痛苦地抽泣着。

“我珍贵的洗碗盆不见了！”她号啕大哭，“不见了，就在我刚刚找到它的时候！”

“没关系，”特洛特竭力安慰她，“它肯定在某个地方，我们总有一天会找到它。”

“是的，说得对。”贝翠也说，“现在我们有了奥兹玛的魔法地图，就可以知道鸽子带着你的洗碗盆去了哪里。”

他们都走近了那幅神奇的魔法地图，多萝茜希望它能够展现出鞋匠乌古的中魔法后的形体，无论它在哪里。图上立刻出现了遥远的奎德林的景象，鸽子忧郁地栖息在一根树枝上，镶钻洗碗盆就躺在树下面的地上。

“可那个地方在哪里——有多远？”凯特焦急地问道。

“魔法记事簿会告诉我们。”魔法师回答。于是他们又去翻阅魔法记事簿，读到以下内容：

“魔法师乌古，被奥兹国多萝茜变成一只鸽子，他被镶钻金色洗碗盆的魔法，带到了奎德林的东北角。”

“这就行了。”多萝茜说，“别担心，凯特，稻草人和铁皮人正在那里寻找奥兹玛，他们一定会找到你的洗碗盆的。”

“哎呀！”闪亮扣喊道，“我们把奥兹玛忘记了。让我们看看魔法师乌古把她藏在哪里了。”

大家回到魔法地图前，重新聚在一起，他们想在图上看到奥兹玛，但画布的中央只出现了一个圆形小黑点。

“我不明白这怎么可能是奥兹玛！”多萝茜不解地说。

“不过，这似乎是魔法地图所能做到最好的了。”魔法师说，他同样感到非常惊讶，“也许这东西被施了魔法，看起来魔法师乌古把奥兹玛变成了一块沥青。”

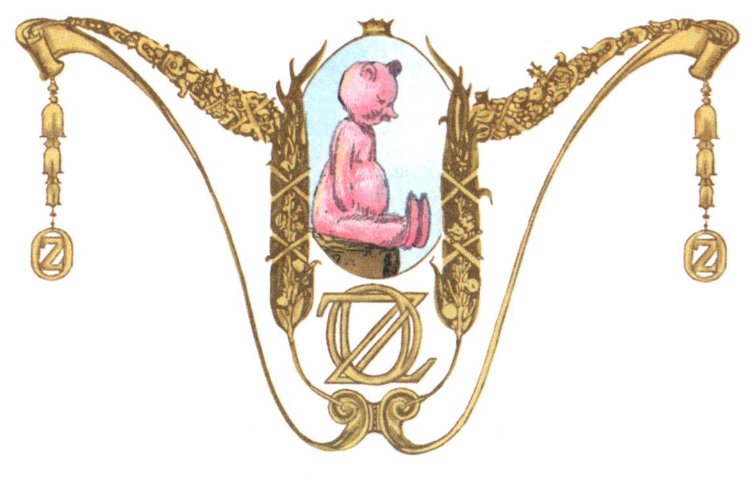

第二十四章

粉红小熊是对的

有好几分钟，他们都站在那里，盯着那幅魔法画布上的黑点，想知道这是什么意思。

“对了，我们最好问问粉红小熊关于奥兹玛的事。”特洛特建议道。

“嘘！”闪亮扣说，“它什么都不知道。

“它从不出错。”熊国王声明。

“它确实犯过一次错，”贝翠说，“但也许它不会再犯错了。”

“它不会犯错的！”熊国王抗议说。

“我们可以听听它怎么说，”多萝茜说，“问问粉红小熊奥兹玛在哪里也没什么坏处。”

“我不会问它的，”国王用粗暴的声音声明，“我不想让我的粉红小熊再次被你愚蠢的怀疑侮辱。它从不出错。”

“它不久前不是说奥兹玛在那个地洞里吗？”贝翠问。

“它是说过。而且我确信她就在那儿。”淡紫色熊国王回答。

碎布姑娘讥讽地笑了笑，其他人都觉得跟固执的熊国王争辩毫无用处，熊国王似乎对他的粉红小熊坚信不疑。魔法师知道通过魔法得到的结果通常是可信的，而且粉红小熊能够通过某种非凡的魔法力量回答问题，他认为他的朋友们所表示出的态度是不明智的，他们应该向淡紫色熊国王道歉，同时劝熊国王再问一次粉红小熊。凯特和蛙人也恳求大熊，虽然相当不情愿，但熊国王最终还是同意再次考验小熊的智慧。于是他让小家伙坐在他的膝盖上，转动曲柄，魔法师亲自用非常恭敬的语气提问。

“奥兹玛在哪里？”这是他的第一个问题。

“在这里，就在这个房间里。”粉红小熊回答。

大伙儿都在房间里四处张望，当然没有看到她。

“她在这个房间的什么地方？”魔法师接着问。

“在闪亮扣的口袋里。”粉红小熊说。

这个回答让大家大吃一惊，碎布姑娘立即嘲讽道：“好哇！”

魔法师似乎十分认真地思考着这个问题。

“奥兹玛在闪亮扣的哪个口袋里？”他马上问道。

“在上衣左口袋里。”粉红小熊说。

“这个粉红小熊肯定疯了！”闪亮扣叫道，死死盯着大熊膝盖上的小熊。

“别说那么武断的话，”魔法师说，“也许事实证明奥兹玛真的就在你的口袋里，那么粉红小熊说奥兹玛在那个地洞里就是真的。因为那时你也在那个地洞里，在我们把你从洞里拉出来之后，粉红小熊说奥兹玛不在洞里。”

“它从不犯错。”熊国王坚定不移地说。

“掏空那个口袋，闪亮扣，让我们看看里面有什么。”多萝茜请求道。

于是闪亮扣把他上衣左口袋里的东西全部掏了出来放在桌子上。里面有一个钉头、一束绳子、一个小橡皮球和一个金桃核。

“这是什么？”魔法师问，拿起金桃核仔细查看。

“哦，”男孩说，“我原想把它留给女孩们看看，可后来就把它全忘了。它是我在那边果园里迷路时发现的，当时一棵孤零零的桃树上只结了一只漂亮的桃子，我把桃子吃了，剩下了这颗桃核，它看起来像金子，我以前

从未见过这样的桃核。”

“我也没见过，”魔法师说，“这件事很可疑。”

所有人都凑过来看这个金桃核。魔法师把它翻来覆去看了好几遍后，拿出他的小折刀，把桃核撬开了。

随着桃核分成两半，一团粉红色的云雾从金桃核喷涌而出，几乎充满了整个大厅，雾霭中逐渐出现一个人形，站立在他们眼前。随着雾霭散去，一个甜美的声音说道：“谢谢你们，我的朋友们！”站在他们面前的正是他们苦苦寻找的可爱女孩，奥兹国女王奥兹玛。

多萝茜高兴地叫了一声，冲上前拥抱她。碎布姑娘高兴得在房间里到处翻滚跳跃。闪亮扣惊讶地低声吹了一声口哨。蛙人摘下他的高帽，对这位以如此惊人的方式从魔法中解救出来的美丽少女低头鞠了一躬。

好一阵子，众人惊讶地发出低沉的喜悦之声外，没有其他任何声音。但很快，淡紫色熊国王的吼叫声变得越来越大了，他用得意的口吻说道：

“它从不出错！”

第二十五章

奥兹玛公主

“这很有趣，”托托站在他的朋友狮子面前摇着尾巴，“但我终于找回我的狂吠声了！我现在确定是那个残忍的魔法师偷了它。

“让我们听听你的狂吠声。”狮子请求道。

“汪汪汪！”托托狂吠道。

“那很好，”大野兽称赞道，“它不像淡紫色大熊的吼声那么响亮、深沉，但对于一只小狗来说，已经相当不错了。你在哪里找到它的，托托？”

“我在角落里四处嗅，”托托说，“突然一只老鼠跑了出来，我就狂吠起来了！”

其他人都在忙着祝贺奥兹玛，她非常高兴从金桃核的禁锢中被解救出来，那个邪恶的魔法师乌古把她囚禁在这个金桃核里时，就认为她永远都

不会被找到，也永远不会被解救出来。

“太不可思议了，”多萝茜叫道，“闪亮扣一直把你装在口袋里，而我们从来都不知道！”

“粉红小熊告诉过你，”熊国王说，“但你们都不相信它。”

“没关系，亲爱的，”奥兹玛和蔼地说，“结局好一切都好，再说你也不会想到我会被囚禁在桃核里。说实在的，我原来担心我被囚禁的时间会很长，因为乌古是一个聪明大胆的魔法师，他把我藏得非常安全。”

“没想到你在一个非常诱人的桃子里。”闪亮扣说，“那是我吃过的最美味可口的桃子。”

“那个可恶的魔法师把桃子变得这么诱人，实在是太愚蠢了。”魔法师说，“哦，奥兹玛不论变成什么，都是最美最好的。”

“你们是怎么打败鞋匠乌古的呢？”奥兹玛好奇地问。

多萝茜将整个过程讲述了一遍，特洛特又补充了一些，闪亮扣想按他自己的方式讲述，魔法师也试图向奥兹玛详细解释，贝翠不得不提醒他们那些遗漏的重要事情，大家七嘴八舌、喋喋不休，奥兹玛能听懂，可真不是件容易的事。但她耐心地听着，看着他们争先恐后的热情劲儿，她可爱的脸上露出了微笑，不一会儿，她就把这次冒险的全部细节都弄清楚了。

奥兹玛非常诚恳地感谢蛙人的帮助，并安慰甜点师凯特，擦干她的眼泪，因为她答应带她去翡翠城，确保将她心爱的洗碗盆还给她。然后，这位美丽的女王从她自己的脖子上取下一串翡翠项链，将它套在粉红小熊的脖子上。

“你对我朋友们提出的问题做出了明智的回答，”她说，“帮助他们救出了我。因此，我深深地感谢你和你尊贵的国王。”

粉红小熊玻璃珠似的眼睛对这番赞美毫无反应，直到淡紫色大熊转动它侧身的曲柄，它才用尖细的声音回答：“多谢陛下。”

“就我而言，”熊国王回答道，“我意识到你很值得拯救，奥兹玛公主，所以我很高兴我们能为你服务。通过我的魔杖，我看到了你的翡翠城和王宫，我必须承认，它们比我见过的任何地方都更有吸引力——熊城也不例外。”

“我想在我的王宫里招待你，”奥兹玛甜甜地回答道，“欢迎你和我们一起回去，和我们一起进行一次长途旅行，如果你的熊臣民允许你离开你的王国一段时间的话。”

“这一点，”熊国王答道，“我的王国很少让我担心，而且我经常觉得它有些平淡无趣。因此，我并不急于回到那里。我很高兴接受您的盛情邀请。瓦德尔下士在我不在的时候，是一只值得信任的熊。”

“你会带上粉红小熊吗？”多萝茜急切地问。

“当然，亲爱的，我可不愿和它分开。”

他们在柳条城堡里待了三天，小心翼翼地收拾着被乌古偷走的所有魔法物品，还带走了鞋匠从祖先那里继承下来的所有魔法。

奥兹玛说：“除了善良的格琳达和奥兹魔法师之外，我已经禁止我的任何臣民学习魔法，因为我无法确保他们只会行善而不害人。因此，绝不能再允许乌古使用任何魔法。”

“嗯，”多萝茜高兴地说，“不管怎样，一只鸽子是不可能施什么魔法了，我要让乌古一直保持鸽子的形状，直到他悔过自新，成为一个善良而诚实的鞋匠。”

一切都收拾好，装在动物的背上后，他们出发前往温基河，回去的路线比凯特和蛙人来时的路线要近许多，几乎是直路。走这条路，他们避开了蓟城、赫库城和熊城，经过一段愉快的旅程，他们顺利抵达温基河，找到了一个快乐的摆渡人。他有一艘漂亮的大船，愿意从水路把整个队伍送到一个离翡翠城很近的地方。

温基河蜿蜒曲折，有许多支

流，大船在河上整整走了一天，终于驶入一个美丽的湖，奥兹玛的王宫近在咫尺。这位快乐的摆渡人得到了他应得的报酬。然后，整个队伍就排成一列，浩浩荡荡向翡翠城进发。

奥兹玛公主回来的消息迅速传遍了整个奥兹国，道路两边很快就挤满了这位美丽而受人爱戴的女王的忠实臣民。因此，在从湖边到城门的凯旋行军中，奥兹玛的两耳听到的全是欢呼声，两眼看到的全是挥舞着的手帕和横幅。

在城门外，奥兹玛受到热烈的欢迎，翡翠城的居民倾城而出，夹道欢迎她的归来。几支乐队奏着欢快的乐曲，所有的房子都装饰着各种旗帜和彩条，人们从未像现在这样快乐和幸福地欢迎他们的女王回家。因为她曾失踪过，现在又被找到了，这当然是令人高兴的。

格琳达在王宫迎接归来的人们，善良的女巫确实很高兴再次看到她的魔法记事簿以及从她的城堡中被盗的所有珍贵的魔法工具、丹药和化学试剂都重新回到她的手里。比尔船长和奥兹魔法师立刻把魔法地图挂在了奥兹玛内宫的墙上。奥兹魔法师心情无比舒畅，他用黑色手提包里的工具表演了几个魔法来逗他的同伴们，并再次证明他是一个强大的魔法师。

整整一周，王宫里举行了宴会和各种庆祝活动，以纪念奥兹玛安全归来。淡紫色大熊和粉红小熊受到了大家热情的关注和尊敬，这让熊国王很满意。蛙人也很快就成了翡翠城的宠儿，邋遢人、滴答人和南瓜人杰克，现在已经外出搜寻回来了，他们对这只大青蛙非常有礼貌，让他有宾至如归的感觉。即便是甜点师，因为她是一个外乡人，是奥兹玛的客人，也像女王一样受到尊重。

“不管怎样，陛下，”凯特对奥兹玛日复一日、令人厌烦地重复，“我希望您能尽快找到我的镶钻洗碗盆，因为没有它我永远不会感到幸福。”

第二十六章

多萝茜的亮想

在遥远的奎德林，有一只灰鸽栖在一棵树上，他就是曾经的鞋匠乌古，闷闷不乐地叽叽喳喳地叫着，心里一直想着自己的不幸。过了一会儿，稻草人和铁皮人走了过来，坐在树下，对那只灰鸽子的咕咕哝哝毫不在意。

铁皮人从他的铁皮口袋里掏出一个小油罐，小心翼翼地把它涂在他的铁皮连接部位。就在他忙着上油时，稻草人在一旁说：

“亲爱的伙伴，自从我们找到了那堆漂亮的干净稻草，你又把它们重新塞给了我后，我觉得好多了。”

铁皮人愉快地叹了一口气，回答说：“我的连接部位上油后，我也觉得好多了。你和我，稻草人朋友，比那些笨拙的血肉之躯，可要容易照顾得多，他们每天有一半以上的时间要穿着漂亮的衣服，住在华丽的房间里，才能满足和快乐。而且你和我都不用吃饭，这样我们就免去了一日三餐的麻烦事。我们也不必浪费一半的时间去睡觉。他们还通常在睡觉时失去意识，变得像木头一样无思想和无知觉。”

“你说得太对了，”稻草人用他那被填塞的手指，把几根裸露在胸膛外的稻草塞进去，“我经常为他们感到难过，他们中的许多人都是我的朋友。甚至动物也比他们快乐，因为动物们只需要更少的东西就能满足自己。鸟类是所有动物中最幸运的一种，因为它们能迅速地飞到它们想去的任何地方，在它们喜欢栖息的任何地方都能找到家。它们的食物也只是从地里随时能捡到的种子和粮食，渴了，它们就喝一小口小溪的水就行了。如果我不能成为一个稻草人，或者一个铁皮人，那我的下一个选择就是像鸟那样生活。”

灰鸽子仔细听了这番话，似乎从中得到了安慰，他也不再自怜自怨地咕哝了。就在这时，铁皮人发现了离他很近的地上的凯特的洗碗盆。

“这件器皿太漂亮了，”他说着，用一双铁手把它端起仔细查看，“但我不想拥有它。谁会用黄金制成的还镶钻的盆子？这丝毫没有增加它的用途。我认为它还不如人们通常看到的明亮的铁皮洗碗盆漂亮呢！而且金黄色的洗碗盆也没有银光闪闪的铁皮盆那么好看。”说完，他转身自豪地看着自己的铁腿和铁身体。

“我不能完全苟同你的看法，”稻草人回答，“我体内填塞的稻草芯是淡黄色的，不仅好看，而且当我走动时，它们会发出悦耳的嘎吱声。”

“我们都得承认，所有的颜色都各有所长。”铁皮人说，他心地善良，不会与别人争吵，“但你必须同意我的看法，一只黄金做成的洗碗盆是异乎寻常的，对于这只刚刚发现的洗碗盆，我们该怎么处理？”

“让我们把它带回翡翠城吧，”稻草人建议道，“我们的一些朋友可能喜欢用它来洗脚，这样使用它时，它的金黄色和闪闪发光的装饰品就不会损害它的用处。”

随后，他俩就走了，带走这只镶钻洗碗盆。在这里又四处搜寻了一两天后，他们就得知奥兹玛被找到的消息。于是，他们直接返回翡翠城，将洗碗盆呈献给奥兹玛公主，作为庆祝她的归来并给大家重新带来欢乐的纪念品。

奥兹玛立即把镶钻金洗碗盆交给了甜点师凯特。收到失去已久的宝贝，凯特高兴得手舞足蹈，然后用瘦弱的手臂搂住奥兹玛的脖子，感激地亲吻她。凯特的任务已经圆满完成，只是她在翡翠城玩得非常开心，似乎并不急着返回耶普。

洗碗盆还给甜点师后，好几个星期过去了。这天，多萝茜坐在王宫花园里，特洛特和贝翠坐在她身边，一只灰鸽飞下来，落在女孩们的脚边。

“我是鞋匠乌古，”鸽子用一种柔和而哀伤的声音说，“我来请你们宽恕我犯下的罪行——劫走奥兹玛和偷走属于别人的魔法。”

“那你现在后悔吗？”多萝茜问，严厉地看着那只鸟。

“我很抱歉，”乌古说，“我很长一段时间一直在反思我的错误行为，因为鸽子除了反思之外别无他法，我很惊讶我曾是一个如此邪恶的人，对他人的权利竟如此漠不关心。现在我深信即使我成功地让自己做了奥兹国的统治者，我也不会幸福，因为这些日子的静思告诉我，只有光明正大地获得的东西才能使人感到幸福。”

“我想是这样的。”特洛特说。

“不管怎样，”贝翠说，“这个坏人似乎真的忏悔了。如果他现在变成了一个诚实正直的好人，我们应该宽恕他。”

乌古说：“我怕我再也不能成为一个好人了，因为我所经历的转变将永远使我成为一只鸽子。但是，在你们的善意宽恕下，我希望成为一只非常好的鸽子，受到大家的尊敬。”

“在这儿等着，等我去拿我的魔法腰带，”多萝茜说，“我会立刻把你变回原状。”

“不——不必那样做！”鸽子恳求道，兴奋地拍打着翅膀，“我来只想得到你们的宽恕，我不想再做人了。我曾经是鞋匠乌古时，又瘦又老，一点儿也不可爱。作为一只鸽子，我看起来漂亮多了。做人时，我野心勃勃，非常残忍，而做只鸽子，我乐于安于现状，过着简朴的生活。我学会了鸟儿的自由和独立的生活，我再也不愿变回去了。”

“那就随你啦，乌古。”多萝茜重新坐下，“也许你是对的，因为你确实是一只比你还是人时更好看的鸽子，而且一旦又想作恶的话，身为一只鸽子，你也不会造成多大的危害。”

“那你宽恕我给你带来的所有麻烦吗？”他诚挚地问道。

“当然，不管他是谁，只要真诚道歉了，就一定会被宽恕。”

“谢谢你！”灰鸽说完，就飞走了。